# ひとりぼっちの私は、君を青春の亡霊にしない

丸井とまと

角川文庫
24133

周りと一緒は、時々息苦しい。
でもひとりぼっちにはなりたくないし、嫌われたくない。
心がすり減っていくのに、居場所にしがみついてしまう。
そんな私に手を差し伸べてくれたのは、君だった。

# 目次

# 一章　プラスチックな世界

窓際の後ろは、私たちのグループの居場所。

誰かが決めたわけではなく、それが教室の暗黙のルールのようになんとなくそういう空気になっていた。だから、この場所には私たち四人しか近づかない。

「見てこれ！　抹茶味のクッキー！」

チョコレート色の長い髪を後ろでひとつに束ねた咲凜《えみり》が、緑色の箱を私に見せてくる。

「え、なにそれ！　美味《おい》しそう！」

私が食いつくと、得意げに咲凜が笑う。

「やっぱり！　亜胡《あこ》が好きそうだと思った！　あげる」

「いいの？　ありがと～」

抹茶やあんこなどの味が好きな私のことを、みんなは渋すぎなんてよく笑うけれど、こうしてお菓子を見つけると買ってきてくれる。私も今度、お礼に咲凜が好きそうなグミを買ってこよう。

「私にもちょうだい！」

隣にいる萌菜《もえな》が私が咲凜からもらったクッキーの箱に手をのばす。そしてパッケージに書いてある説明を読みはじめた。

「宇治《うじ》抹茶のクッキー生地に、ホワイトチョコ入りだって！　美味しそう～！」

「ダイエットするんじゃなかったの？」

琉華《るか》ちゃんが萌菜からクッキーの箱を取り上げると、私のもとに戻してくれた。

「えー、そうだけど～。てか、琉華ってどうやってその体形維持してるの。身長も高くて羨《うらや》ましすぎる」

「特になにもしてないけど」

「うわ！　遺伝ってやつだ！　ずるい！　私、ダンスで体動かしても全然痩《や》せないのに……」

不満げな萌菜に、咲凜が「このままでいいじゃん～」と腕を絡める。

「萌菜は今のままがちょうどいいって！　ちっちゃくてかわいいし」

「やだ！　あと五センチは伸びたいし、三キロは落としたい！」

「高校になってそこまで伸びるのは無理じゃないかな」

私の言葉に琉華ちゃんと咲凜が「だよね」と笑う。

「絶対伸ばすから～！　牛乳飲みまくる！」

「それもう五回くらい聞いたって～」

こうやって些細《ささい》な話題で盛り上がって話が尽きないし、なにをするにも四人でいつも一緒。そんな私たちを見た人に「中学から仲いいの？」と聞かれたことがある。

だけど私たち全員、出会ってまだ約一ヶ月しか経っていない。けれど過ごした時間なんて関係ないほど、あっという間に仲を深めた。

「そうだ、今日どうする？　いつものとこにする？」

咲凜の言葉にハッとする。そういえば今日放課後に遊ぶ約束だった。昨夜店長に体調不良の子とシフトを替わってあげてと頼まれて、了承したことをみんなに伝え忘れていた。

「ごめん！　今日バイトになっちゃって……」

両手を合わせてから、おずおずと視線を上げる。

「えー、せっかく今日はみんなで集まれそうだったのにー」

咲凜のマスカラがたっぷり塗られた上向きなまつ毛と、輪郭強調のコンタクトレンズを入れた大きな目に見つめられると、呼吸が止まりそうになる。それほどの目力がある。

「ごめんね。伝えるの、すっかり忘れてて」

「じゃあ、亜胡はまた今度ね」

不満気ではあるものの、怒っているわけではなさそうなので胸を撫《な》で下ろす。

「亜胡って案外抜けてるよね」

「スマホのスケジュールにちゃんと入れておけばいいのに」

咲凜と琉華ちゃんに指摘されて、私はへらりと笑う。すると、頬にピリッとした痛みを感じた。またた。最近時々こうして頬が痛むときがある。

「それにボーッとしてることも多いじゃん？」

「選択授業だって、間違えてたもんね」

我に返って、私は慌ててごまかすように軽い口調で言葉を吐き出していく。

「音楽の下に書道のチェック欄があったから、間違えちゃったんだよね〜」

一年生は五月から始まる選択授業で音楽、書道、美術のどれかひとつを選ぶことになっている。

私たちのグループはみんな音楽の予定だった。けれど私がチェックを入れたのは書道で、ひとりだけみんなと違う授業になってしまったのだ。

そのことをきっかけに、抜けているとかおっちょこちょいだと、ここ最近いじられつづけている。

「よりにもよって書道とか、災難すぎじゃん。手汚れそうだし」

「わかる！　手に墨汁つくの嫌すぎ」

ひとりが笑うと、つられて他の人たちも笑いはじめる。なにがおもしろいのかわからなくても、私もそれに合わせるように口角を上げた。

「まあでも、書道って気楽にできそうでいいよね〜！」

ちらりと私を見てから、萌菜がフォローを入れてくれる。また気を遣わせてしまった。私がもう少し上手《うま》く立ち回るべきだったのに。

中学の頃にいたグループは、ドラマや少女漫画に興味がある子ばかりだったけれど、高校のグループはだいぶノリが違う。みんなドラマも少女漫画も興味がないらしく、今流行《はや》りのマッチングアプリやネットで話題になっていること、お洒落《しゃれ》や恋愛関連の話題が多い。それらの知識が乏しい私は、相槌《あいづち》を打つのに精一杯だ。

「今日の咲凜の髪型、すごいかわいいよね。どうやるの？」

萌菜は後ろでひとつにまとめている咲凜の髪に触れる。綺麗《きれい》に編み込まれたポニーテールで、毛先は緩く巻かれている。

「これ結構簡単だよ。ポイントはこの顔周りの髪を、コテでS字にすると小顔に見えるんだよね」

咲凛は中学生の頃からSNSでメイクやヘアアレンジの発信をしていて、お洒落で流行に敏感。毎朝二時間掛けて、コテで髪を巻いてメイクをしているらしい。

「咲凛って、毎朝本当すごいよね。私、コテとかまったく使いこなせないわ」

「むしろ琉華は、なにもしないでそのストレートは羨ましすぎなんだけど！　私、うねるから巻かないと変なんだよね」

琉華ちゃんは、腰あたりまでの長さの艶《つや》やかな黒髪と大きな猫目が印象的で、身長はクラスの女子の中で一番高くて、手脚もすらりと長い。

「咲凛も、私みたいにパーマかければいいのに〜！　朝、めちゃくちゃ楽！」

「猫っ毛はパーマとかかかりにくいんだって。萌菜みたいなパーマかけても、私は一日でとれるもん」

「ええ！　マジ？　猫っ毛の髪質柔らかくて羨ましいけど、大変なんだ」

私が特に仲がいいのは、明るくて聞き上手な萌菜。鎖骨くらいの長さの茶髪に軽くパーマを当てていて、活発な女の子だ。

萌菜はダンスを昔から習っていたらしく、アイドルのダンスを真似た動画をよく見せてくれる。音楽はあまり知らなかったけれど、萌菜のおかげで私も最近少し詳しくなった。

「亜胡の髪って、ヘアアレンジしやすそう」

咲凜が私の髪の束を手に取り、いじりはじめる。

「そうかな？」

「それと、もっと長いのも絶対似合うよ！」

肩のあたりまで伸びた私の髪は、中途半端でこのまま伸ばすか切るか悩んでいたけれど、そう言ってくれるのなら伸ばしてみようかな。

「うわ、うま〜！　私そういうの絶対できない！」

「似合うね。かわいい」

鏡がないので、萌菜がスマホで写真を撮って見せてくれた。右側だけ編み込みがされていて、この数分間でできたものとは思えないほどのクオリティだった。

「あ、思ったんだけどさ、亜胡はピンクベージュのリップ似合いそうじゃない？」

ポーチを手に取った琉華ちゃんは、くすんだピンク色のリップスティックを取り出す。キャップを開けると、ポケットから出したティッシュで拭《ぬぐ》った。

「これ昨日買ったんだけど、私に合わなくて。一度使ったんだけど、亜胡が気にならなければ使う？」

「いいの？」

「うん。私が持ってても、使わないまま捨てるだけだし。あげる」

「ありがと〜！」

琉華ちゃんから貰《もら》ったリップをつけてみると、みんなが口を揃えて「似合う！」と褒めてくれて、自然と頬が緩む。話題についていくのが難しいときもあるけれど、こうして似合う髪型やメイクを教えてもらえるのが嬉《うれ》しい。

「それと亜胡は、とりあえず前髪伸ばさないとね」

琉華ちゃんの指摘に、私は切りすぎた前髪を慌てて押さえた。

「それは触れないで〜！」

すると、琉華ちゃんが声をあげて笑う。

「あはは！　ごめんごめん！　だって、亜胡の前髪ツボなんだもん」

「私は亜胡の短い前髪かわいいと思うけどな〜！」

「そんなこと言ってくれるの萌菜だけだよー！」

軽く萌菜に抱きつくと、「ごめんって」と言って琉華ちゃんが両手を広げて私たちに覆いかぶさる。それを見て、咲凜が呆《あき》れたように笑う。

「あ、そろそろ行かないと！」

「じゃあ、またあとでね〜」

咲凜たちが教室を出ていったのを見送ると、ほんのちょっとの罪悪感と、ひとりになれた安堵《あんど》に短い息を吐く。

私は、嘘をつくのが上手くなった。

個性を殺して、周りに合わせて、空気を読む。そして笑顔で無害な人を演じる。学校の中の居場所を守るためには、偽りの笑みも必要不可欠だ。

選択授業も、本当は間違えていない。私は自分の意志で書道を選んだ。

みんなのことは好きだけど、ちょっとだけ苦しくなるときがある。

教室移動も、休み時間も放課後も、みんな一緒。誰かが決めたわけではないけれど、そういう空気がいつも流れていた。

私たちのグループは、咲凜と琉華ちゃんがなにをしたいかで話題や行き先が変わる。ふたりが私たちの指針のようなもの。友達だけど、なんとなく上下関係が存在していた。

たとえばこの選択授業。咲凜と琉華ちゃんが、音楽がいいと言えば、半ば強制的に全員が音楽になる。

意見なんて聞かれることもなく、本当は自分の意志で選ぶはずの授業を、他人の判断に委《ゆだ》ねる。そのことにモヤモヤとした感情が心を覆って、私は勢いで丸をする位置を変えてしまった。

だけど結局言いたいことを口にすることもできず、間違えたフリをしてやり過ごしている。私は嫌われることが怖いのだ。不満を抱くくせに、ひとりぼっちにはなりたくない。身勝手だなと自分でも思う。

書道を選んだのは、大した理由ではない。苦手な音楽を周りに合わせて無理に選ぶよりもいいと思ったから。幸い咲凜たちには、間違えたわけではないことはバレてなさそうだった。

【亜胡、書道がんばれ～！】

スマホに萌菜からのメッセージが届いた。気にかけてもらえたことは嬉しいけれど、罪悪感も増えていく。

まだ入学してひと月しか経っていないから、疲れてしまうときがあるだけ。きっとそのうち四人で行動する日常にも慣れるはず。

自分に言い聞かせて、私は書道室がある二階へ向かった。


立て付けの悪いドアを開けると、ねっとりとしてむせ返りそうな墨香がする。書道室に入るのは、まだ二回目だけれどこの匂いに慣れる気がしない。

机と椅子はこの教室にはなく、生徒たちは新聞紙が敷かれた床に座っている。先生はまだきていないみたいだった。

先週先生から、道具を前から取って準備をしておくようにと説明を受けたことを思い出して、教卓のあたりへ向かう。そこに置いてある書道の道具一式を手に取って、廊下側の後ろに座った。

ここは私にとっての特等席だ。左斜め前には、黒髪の男子が座っている。

同じクラスの佐木春斗《さきはると》。

口数が少なくて無愛想で、友達と行動することはほとんどない。息を潜めるように静かに彼は教室で過ごしている。

あ……後ろ髪、少しはねてる。

そんな小さな発見をして、胸がぎゅっとなった。彼から視線を逸《そ》らして、気持ちを鎮めるように硯《すずり》や半紙の下に敷く毛氈《もうせん》の準備をする。

佐木くんとは中学から一緒だった。中一の頃は隣の席になったこともあり、一時期よく会話をする仲で親しい方だったと思う。

そして——当時の私は、彼のことが好きだった。

もう終わった恋のはずなのに、心に散らばった懐かしい感情のカケラがまだ好きだと錯覚させる。

私たちは、高校に入ってから一度も言葉を交わしていない。それに人気者だった彼は、中学二年生のあるときを境に変わってしまった。笑顔を見せることはなくなり、いつもひとりでいる。

チャイムが鳴ると先生がやってきて、今日書くテーマについて発表した。

「今回は四字熟語です。好きなものを書いてください」

長半紙を配ると、先生はそのまま教室を出て行ってしまった。

好きなものと言われても、そんなの思いつかない。周りを見ると、みんなそれぞれスマホで検索をはじめている。

私も四字熟語で検索をかけてまとめサイトを開く。けれど、いまいちピンとくるものがない。意味もわからず適当なものを選んだら減点されるかもしれないし、できれば簡単な漢字を使っていて書きやすいものがいい。

ふと視線を左斜め前に向けると、佐木くんは墨汁を筆に含ませて、半紙の上に流れるように雲外蒼天《うんがいそうてん》という文字を書いていた。

その光景に見惚《みと》れてしまう。

迷いを感じず、伸びやかな字。私の記憶に残っている彼の字と同じだ。

「きれい」

思わず声に出してしまうと、佐木くんが振り向いた。

長めの前髪の隙間から見えるくっきりとした二重。黒く澄んだ双眸《そうぼう》が、真っ直ぐに私を見つめている。

「……相変わらず上手だなって思って」

心臓はバクバクと激しい音をたてているけれど、空気を少しでも軽くするために笑みを見せる。

以前は、どんな風に佐木くんと話していたのか思い出せない。それにあまり馴《な》れ馴れしすぎても、嫌がられる気がする。

「小学生の頃、少し習ってたから」

中学の頃よりも、少し低めになったけれど、柔らかくて穏やかな声。懐かしさを感じるのと同時に、大人びた佐木くんに緊張して心拍数がさらに上がっていく。

「西田《にしだ》も上手《うま》いじゃん」

「え？」

私の半紙は、まだなにも書いていないため真っ白だ。それなのにどうして、上手いなんて言うのだろう。

「銀賞獲《と》ってただろ」

「賞？」

「中学のとき」

「あ、うん。そうだったね。……覚えてるんだ」

中一の秋、教室に貼られた生徒たちが夏休みに書いた習字を思い出す。

同じ言葉が書いてあるのに、佐木くんの字だけは一際目立っていた。滑らかな曲線に、力強い撥《は》ね。文字のバランスも整っていて、私は自然と目を奪われた。

それから少しして、先生たちに選ばれた作品の半紙に、賞を表すシールがつけられた。

佐木くんの半紙には、金色のシール。そして私の半紙には銀色のシールがついていた。今思えば、私のはまぐれみたいなもの。私が賞を貰《もら》えたのはそれっきりで、あのときはたまたま上手く書けたのだ。

「忘れるわけないよ」

佐木くんの発言にどきっとする。先ほどよりも、優しい声音のような気がして、頬の熱が上がっていく。

特別な意味なんてない。期待しちゃダメだ。自分に必死に言い聞かせながら、笑みを作る。

「同じクラスだったもんね！」

「……そうだな」

高校に入って初めての会話なのに、緊張のせいで言葉が浮かんでこない。

もしもまた話す機会があったらと、頭の中では何度もシミュレーションをしていた。

佐木くんに本当は聞きたいこと、話したいことが色々あったはずなのに。

「あ……あのさ」

前を向こうとした佐木くんに、慌てて声をかける。

「四字熟語、すぐ決めたのすごいね」

違う。こんなことを言いたいわけじゃない。

「なんとなく思いついただけ」

「そうなんだ。私、全然思いつかないや」

佐木くんはスマホを取り出して操作しはじめた。私との会話に飽きたのかもしれない。もっといい話題を振れたら、長く会話が続いただろうか。

そもそも終わった恋なのに、懐かしさから未練がましく会話を続けようとしている自分が情けなくなってくる。

「桜梅桃李《おうばいとうり》とかは？」

「え？」

「漢字の並びもきれいだし、意味もいいんじゃない」

佐木くんがスマホの画面を見せてくれた。

そこには、それぞれの花に良さがあり、他人と比べるのではなく自分らしくいることが大切という意味だと書かれている。

素敵な意味が込められた四字熟語で、佐木くんの言うとおり漢字もきれいだ。

「それにする！　ありがとう」

佐木くんがわざわざ調べてくれたことが嬉《うれ》しくて頬が緩む。なんて私は単純なんだろう。そう思いながらも、高揚した気持ちのまま自分のスマホでも検索をかけて、スクリーンショットを撮っておいた。

「選択授業、佐木くんと一緒でびっくりした」

少しずつ緊張がほぐれてきた気がして、一歩踏み出すように話題を振って顔色をうかがう。

「それに同じクラスだけど、私たち全然話してなかったよね。話すのも久しぶりじゃない？」

中一の頃みたいに戻れたらなんて、淡い期待を抱きながら笑いかけた。けれど、佐木くんの表情は暗く、冷たい眼差《まなざ》しで私を見ている。

「教室では俺と話さない方がいいと思う」

突き放すような発言に胸が痛んだ。昔みたいに戻りたいと思ったのは私だけだとわかり、途端に恥ずかしくなる。

「……ごめんね。馴れ馴れしく話しかけちゃって！　いきなりでびっくりさせちゃったよね」

「そうじゃなくて。高校でも広まってるだろ。俺の噂」

——噂。中学の頃の、彼を変えてしまったあの出来事が頭に浮かんだ。

佐木春斗は、不思議な黒い影が視える。

そんな噂が中学二年のときに広まった。

幽霊が視えているらしいとか、人の怨念《おんねん》が視えているとか、噂が面白おかしく生徒たちの間で大きく膨らんでいって、人気者だった佐木くんはいつのまにか除《の》け者扱いになっていた。

「あの噂……なんで否定しなかったの」

「別に。否定したところで、誰も信じないし。全部が嘘なわけじゃないから。騒ぐ方が面倒だろ」

自分の話なのに興味がないような口振りだった。けれど、どこかに真実も混ざっているということは、黒い影が視えるというのは本当なのだろうか。

「私にも……視える？」

躊躇《ためら》うように佐木くんは視線を逸らす。揶揄《からか》っているように思われてしまっただろうか。

正直黒い影というものを信じているのかと聞かれたら、私は頷《うなず》けない。自分の目に視えていないものを、すんなりと信じることは難しい。だけど、私には佐木くんが嘘をつくような人にも思えなかった。

佐木くんは一度深く息を吐いてから、首を横に振る。

「……西田は大丈夫」

「そっか。それならよかった」

大丈夫と言われて、妙に安堵《あんど》してしまう。完全に信じることができなくても、自分に黒い影が視えると言われたら、やっぱり怖い。

「黒い影って、幽霊がとり憑《つ》いているってこと？」

「そういうのとは違う」

きっぱりと断言すると、佐木くんがじっと私を見つめる。

「西田は、心が死ぬとどうなると思う？」

「え？」

急に黒い影や幽霊の話とは別の話題を振られて、私は目を見開く。心が死ぬってどういう意味だろう。

なにも感じなくなるってこと？　それとも傷つきすぎて、塞《ふさ》ぎ込むってことだろうか。

わからないと首を傾げると、佐木くんが声のトーンを落として言った。

「――亡霊になる」

教室のドアが勢いよく開かれた音に驚いて、肩を震わせる。

意識が強制的に音のした方へ引っ張られた。どうやら先生が教室に戻ってきたようだ。

再び佐木くんの方に視線を戻すと、会話終了というように前を向いていた。本当は話の続きを聞きたい。けれど、先生が来たのでこれ以上は話しかけない方がいい気がして、私は真っ白な目の前の半紙に視線を落とす。

だけど、もやもやとした気持ちが消えない。

亡霊ってなに？　心が死ぬことと、どんな関係があるの？

深く意味を聞くことができず、私は筆を握りしめた。

筆先に墨汁を含ませて、スマホ画面を見ながら半紙に桜梅桃李という四字熟語を書いていく。

一枚目は梅の字で失敗して、二枚目はバランスがおかしくなった。三枚目でようやく提出できるギリギリのライン。

でも、自分では気に入っている。上手いとは言えない字だけど、佐木くんが薦めてくれたこの言葉は、私にとって大事なものになった。

未練がましくて自分でも呆《あき》れてしまう。

消化しきれていない過去の恋に執着して、中学の頃の佐木くんをずっと追い求めている。左斜め前にいる彼に視線を移す。

中一の頃よりも広くなった肩幅に、少し伸びた髪。高めだった声は低くなった。そして、一切笑顔を見せなくなった。

もうあの頃の彼は、ここにはいない。

今日の帰りのホームルームは長くなりそうだった。

担任の増田《ますだ》先生は、ひとつの話題で十分以上喋《しゃべ》りつづけている。しかも私たちに直接関係あることではなく、今朝ニュースになっていた高校生のトラブルについてだった。

「断りにくい状況があるのもわかるのよ。だけど、ひとりで抱え込まないようにね」

ニュースになっている件は、ひとりの女子高生が、四十代の男性と会って食事やブランド物などを奢《おご》ってもらい、別れ際に男子高校生数名で男性に襲いかかり現金を奪ったという内容だった。

実行犯の女子高生は、無理やりパパ活をやらされていて、男子高校生たちが怖くて逆らえなかったと証言しているらしい。

私たちと同じ高校生の事件。だけどまるでスクリーン越しに映画を観ているような現実離れしたことに感じる。

「大事な青春の時期だから、今を大切にして」

まるでかけがえのない宝物のように、〝青春〟という言葉を増田先生は口にする。

けれど、私には美化しているようにしか思えなかった。

「このクラスは大丈夫だと思うけど、なにか危ないことに巻き込まれそうだったり、不安なことがあれば、気軽に相談してください」

増田先生は自分のクラスの生徒たちを、いい子だと信じ込んでいる。このクラスは大丈夫。なんの根拠もないのに、そんな言葉をよく口にしているのだ。

それに入学して間もないのに、このクラスの子たちは打ちとけるのが早いとも言っていた。

机の上に置いているプラスチック製の透明なペンケースに触れる。

このペンケースの中身みたいに、私たちはお互いの考えや感情を見せ合っているフリをして、実際は本音を笑顔の裏側に隠している。

人との間には透明な壁があって、心の距離はなかなか縮まらない。

あの子にならもっと近づいても大丈夫。あの子に話すと広まるから、下手な発言はしないように気をつけないと。

みんな相手の様子をうかがいながら、そんなふうに笑顔の裏側で透明な壁の厚さを調節している。

増田先生から見て仲良しに見えている私たちのグループだって、明日《あした》になればどうなっているかわからない。

実際隣のクラスでは、ゴールデンウィーク明けにひとりの女子が不登校になったと聞いた。

咲凜たち曰《いわ》く、恋愛トラブルでいじめに発展したらしい。芽生えた友情の中に、恋愛という不純物が入るだけで、いとも簡単に日常が変わってしまう。

「それと、学生限定のマッチングアプリなんていうものが流行《はや》っているみたいだけど……」

マッチングアプリという言葉に、ひやりとした。そして横目で咲凜たちを見やる。

みんな笑みを貼り付けたまま先生の話を聞いている。

「近頃事件も増えてきているそうなの、身近でやっている人がいても真似をしないようにね」

増田先生はマッチングアプリへの注意喚起をしながらも、自分のクラスの子たちはやっていないと決めつけるように話していた。

「はーい！」

元気よく咲凜が声をあげると、増田先生が微笑む。

〝不真面目でも、懐いてるフリをすると気に入られるんだよね〟少し前にそんなことを咲凜が言っていた。だからこうして、あえてリアクションをしているらしい。

咲凜は思惑どおり、増田先生のお気に入りになっている。提出物を忘れても咲凜は怒られない。叱るふりをして、今度から前日に伝えないとねなんて甘やかす。

「秦野《はたの》さんは心配ないわね」

先生って見る目ない。咲凜は、昨日マッチングアプリで知り合った男とカラオケデートをしていた。

増田先生が信頼を寄せているクラス委員の琉華ちゃんだって、彼氏はマッチングアプリで知り合った一個年上の人。他にもそういう出会いをしている人たちは、たくさんいる。みんな先生の前では言わないだけ。

笑顔でいい子のフリをしている生徒たちの大半は、スマホの中にはアプリが入っている。そのくらい私たち高校生にとって、マッチングアプリはやって当たり前なものになっていた。

増田先生と目が合うと茶化すように「西田さん、気をつけてね？」と名指しされた。深い意味がないことはわかっているけれど、胸の奥がざわつく。

クラスメイトたちの視線が、一斉に私に向けられた。

嫌だな。この空気。胃のあたりが鈍く痛む。名指しなんてしないでほしい。みんなが笑ったりするから、こうやって名指しをすることが空気を和やかにすると先生は思い込んでいる気がした。でも名前を呼ばれた側は嫌でたまらない。

「亜胡、またぼーっとしてたでしょ。先生の話、聞いてなかったんじゃない？」

咲凜の言葉に、小さな笑いが起こる。私が反応に困っていたから、助けてくれたのかもしれない。

「そんなことないって～」

先生への不満をぐっと呑《の》み込み、笑顔の仮面をつける。そうやって、この場をやり過ごしながら〝いつもの西田亜胡〟を演じた。

だけど無理して笑うたびに、頬のあたりにピリッとした痛みを感じる。私にとって学校は楽しいこともあるけれど、笑うたびに息苦しかった。

長かった帰りのホームルームが終わると、会議があるらしく増田先生は慌てて教室を出て行った。

咲凜が手招きをすると、私たちは自然と集まる。琉華ちゃんと咲凜が目を合わせると、おかしそうに噴き出した。

「秦野さんは心配ないわねだって、ウケるんだけど。咲凜、信頼されてんじゃん」

「私のイメージアップ大成功なんだけど～！」

「うちらの中で、一番やってんの咲凜なのにね」

みんなが笑っているのを見ながら、私も真似るように笑みを浮かべる。こういう話題は少し苦手だ。

増田先生のことを少し可哀想に思ってしまう。話のネタにされて、困ったことがあれば先生頼りで都合よく扱われている。

「てか、今どきやってない人の方が珍しいでしょー」

咲凛がちらりと私を見る。

「亜胡くらいじゃない？　うちらのクラスでやってないの」

さすがに私以外にもいるだろうけれど、学校の中だとやっていない人の方が少ないかもしれない。

学生限定のマッチングアプリが半年前にリリースされてから、瞬く間に流行りだした。会ってみて実際は違ったとならないように、アプリ内でテレビ電話もできるそうだ。

私は知らない人とマッチングするということに抵抗があって、いまだにダウンロードをしていない。それについても周りから度々いじられる。

「でも、亜胡には香野《こうの》くんがいるじゃん？　だからやる必要ないよね」

琉華ちゃんの指摘に、やめてよと言いたいのに、言えなくて頬の裏側を噛《か》む。

「そんな関係じゃないって〜」

ヘラヘラと笑いながら、否定する。

香野くんは隣のクラスの男子で、ただ連絡先を聞かれただけ。特別なことなんてなにも起こっていないのに、みんなが盛り上がっている。

どうか佐木くんには聞かれていませんように。祈りながら、視線を彼の席に向ける。すでに教室からいなくなっていて、ほっとした。けれど、すぐに自分に呆《あき》れてしまう。もう好きじゃない。そのはずなのに、こうして意識している自分が馬鹿みたいだ。

スマホの画面を見た咲凜が、声を弾ませる。

「マッチングした！」

画面にはハートのマークが表示されていて、マッチング成功と書いてあった。

「昨日の人は？」

「キープ。まだ告白されてないしさ、いい人厳選しないと」

萌菜が「よくやるねぇ」と苦笑する。咲凜は妥協して付き合うことはしたくないらしく、自分が本気で好きになれる人を探しているそうだ。そのため毎日誰かとマッチングしている。

「そろそろ行こうよ〜。放課後混むから、席なくなっちゃう」

咲凜たちが動きだしたので、私も机の横にかけていた鞄《かばん》を手に取って、一緒に廊下に出た。

放課後は四人で大抵学校近くのファミレスで、日が落ちるまで学校のことやマッチングアプリでのこと、SNSで話題になっていることなどを話すのが、私たちの日常だった。

学校を出ていつもの道を歩きながら、談笑していると咲凜が思い出したように声をあげる。

「そうそう！　今日気づいたんだけどさ、佐木くんって案外顔かっこよくない？」

咲凜の発言にどきりとして、背筋を伸ばす。

「まともに顔見たことないや」

「てか、なんだっけ？　変な噂なかった？　幽霊視えるとか」

「え、そうなの？」

最初は興味がなさそうだった萌菜が琉華ちゃんの言葉を聞くと、前のめりになって食いつく。これ以上佐木くんの話題を広げないでほしいけれど、私には止める術《すべ》がなかった。

「四月にさ、佐木くんと同じ中学の友達がいるって男子が、佐木くんが幽霊視えるとか言って浮いていたらしいとか話してた気がする」

高校入学してすぐに、私も耳にしたことがある。

中学で広まっていた噂から少し変わっている部分があるけれど、この件が広まったせいで佐木くんは入学早々クラスで浮いてしまったのだ。

「あ！　そういえば私も聞いたかも。クラスの子に取り憑《つ》かれてるって言って不登校にさせたとか。聞いた頃、顔と名前一致してなかったけど、あれって佐木くんのことだったんだ」

「不登校まで追い込むってヤバすぎない？」

面白おかしく話しながら笑っている咲凜たちに、眉《まゆ》を顰《ひそ》めそうになる。本人からなにも聞いていないのに、好き勝手に噂話をしないで。佐木くんはそんな人じゃない。だけどそんなこと口には出せない。

中学の頃に佐木くんが、とある女子に黒い影が視えると言ったのは事実のようだけれど。その子が周りに言いふらして、それがきっかけで佐木くんが学校で浮いてしまったのだ。不登校になんて……あれ？　噂のきっかけの子って誰だったっけ？

「亜胡〜、またボーッとしてる〜」

「え？　あ、ごめん」

咲凜が私の顔を覗《のぞ》き込むと、困ったように眉を下げて笑った。

「まあ、亜胡はそういうところがウケがいいんじゃない？」

琉華ちゃんがなにを言いたいのか察する。ほんの一瞬空気が変わったのは、おそらく咲凜と萌菜も、琉華ちゃんの言葉の意図に気づいたからだ。

このグループの中で、抜けていることが多いと思われている私は、しっかり者の琉華ちゃんにとって苛立《いらだ》つ部分が多いのだろう。香野くんに連絡先を聞かれたときも、「ああいうタイプに好かれそうだもんね」と刺々《とげとげ》しい言葉を向けられた。

だけど、その向けられた棘《とげ》に傷ついて気にしていたらキリがない。

気づかないフリをして、私は曖昧《あいまい》に笑ってやり過ごす。また頬のあたりが痛くて、ぐっと堪《こら》える。早くこの痛みに慣れたい。

ファミレスの前まで着くと、咲凜たちが私に手を振った。

「亜胡、また明日《あした》ね～。バイト頑張れ」

「うん、またね～！」

笑顔で手を振り返して、私はファミレスの前を通過していく。

ひとりになると、深いため息が漏れる。一緒にいるのは楽しいはずなのに、疲れたと思うなんて最低だ。

笑顔を剝《は》ぎ取った私の顔は醜くて、友達には見せられない。

【亜胡、バイト大変だろうけど、がんばってね！　さっきの琉華の言葉、ちょっと酷《ひど》いよね。でも、あんまり気にしないで！】

わざわざ気にかけてくれる萌菜に、私はすぐに返事を打つ。

【ありがと～！　大丈夫だよ！】

萌菜がいてくれるから、こうして気分が落ちたときもなんとかやっていける。

憂鬱《ゆううつ》な気持ちはすぐには消えないけれど、それでも切り替えないと。私はイヤフォンをして、スマホのミュージックアプリを開く。けれど、曲の一覧を見ても、聴きたいと思うものがない。どれも誰かからオススメされた曲だ。

自分の気分を上げるための曲は見つからず、プレイリストの中から適当に選択すると、明るい曲調の邦楽が流れはじめる。これは確か咲凜が好きだと言っていた曲だ。好きな曲さえ、私は思い浮かばない。たったそれだけのことが、虚《むな》しく感じた。

バイト先は地元のスーパーで、私が入っている時間帯はかなり混む。夕飯を買いにきた人たちが一番から四番までのレジに長蛇の列を作る。

私は無心でレジ打ちをしていた。かなり忙しいけれど、それでも余計なことを考えずにすむこの時間が好きだった。

「ねえ、そのお菓子ダメって言ったのに、なんでカゴに入れてるの！」

お母さんに叱られた小学校低学年くらいの男の子が、不貞腐《ふてくさ》れたように「いいじゃん」と返すと、口喧嘩《くちげんか》が始まる。よくある光景で、私はお菓子を手に取る。

「どうされますか？」

女性に聞くと、彼女は男の子に「今日だけだからね」と言い聞かせた。

「すみません、それも一緒に会計してください」

「わかりました」

私はレジ打ちを再開する。嬉《うれ》しそうに目を輝かせた男の子を見ながら、感情を表に出せることが羨《うらや》ましく思う。

人前で泣くことも、嫌だと声をあげることも、怒ることも、私にはできない。目立った個性もなく、味気なくて退屈な人間だなと自分でも思う。

バイトで使っているヘアゴムも、咲凜たちにお揃いで買おうよと言われたもの。色だって、みんなに亜胡っぽいと言われて赤を選んだだけ。本当は水色の方が好きだった。

『そのペンの色、きれいだな』

ふと頭の中に流れ込んできた懐かしい記憶。中一の頃、佐木くんが私の使っていた水色のペンを指差して言った。そのたった一言で、水色が好きになってしまうほど、当時の私は単純だった。

だけどあの頃は、もっと自分の気持ちに素直に生きていた。

中学に上がったばかりのときは、友達とちょっと意見が合わなくて気まずくなっても、すぐに元通りになれたし、周りの目を意識することは少なかった。

だんだんと空気を読むということをしはじめたのは、中学校に慣れてきた頃だった気がする。

小学校では活発で輪の中心だった子が弾《はじ》かれはじめたり、大人しかった子が派手なグループに入ったり、環境が変わって人も変わった。そして私も、空気を読んで言葉を呑《の》むということを覚えてしまったのだ。

よくいえば協調性を学んだのかもしれない。だけど、周りに合わせてばかりで、つまらない私になってしまった気がする。

バイトが終わり、裏口の扉を開けると外はすっかり暗くなっていた。

鞄《かばん》に入れたままだったスマホを取り出して、通知を確認する。グループのトークには二十件の通知。

最初は私に「バイト頑張れ～」というメッセージ。その後からは、ファミレスでみんなが撮った写真が送られてきていた。

楽しげなみんなの姿に、表情が緩む。

私は泣いているスタンプを押して、メッセージを打ち込んだ。

【バイト終わった～！　楽しそうで羨ましい！】

すると、次々と励ましのスタンプが送られてくる。

【次は絶対参加する～！】

スマホを再び鞄に押し込んで、街灯に照らされた夜道を歩く。

いつまでこういう日々を過ごしていけるんだろう。

親しい友達がいて、学校に居場所がある。それで十分なはずなのに、そんなことを考えてしまった。このまま四人で仲よくしていけるに決まっている。だけどなにかあれば、一番に切り捨てられるのは私な気がして、時々怖くなる。

グループの中心的な咲凜と琉華ちゃん。そして人と接するのが上手な萌菜。私にはなんにもない。みんなが楽しめる話題を振ることもできないし、ただ人に合わせて笑っているだけの聞き役。漠然とした不安がずっと心の中に存在していた。

信号待ちをしていると、横断歩道を渡った先にあるコンビニが目に留まる。そこから出てきた男の子の姿を見て、思わず声が出た。

「え……」

佐木くんに似ている。いや、あれは間違いなく佐木くんだ。背は高いけれど、少しだけ猫背。遠目からでも確信が持てる。

地元が同じなので、彼がここにいてもおかしくはない。だけど、こうして学校外で見かけるのは、初めてだった。

信号が青に変わり、私はいつもよりも早歩きで足を進める。

佐木くんの歩みはゆっくりのため、すぐに声をかけられる距離まで近づいた。けれど、私は足を止める。

『そういうの迷惑だから』

心の奥底に押し込めていた記憶が過《よ》ぎり、息をのむ。

彼にとって、声をかけられても迷惑なだけだ。お互いに学校で平和に過ごすためには、今までどおりの距離を保って過ごしていた方がいい。

それに後を追って声なんてかけたら、佐木くんに気味悪く思われるかもしれない。気づかれる前に、私は別の道を行くことにした。


「やばいやばい！　亜胡、ちょっときて！」

翌朝、教室に入るとすぐに琉華ちゃんに呼ばれた。まだ早い時間のため、いつものグループのメンバーは私と琉華ちゃんのふたりだけだった。

やばいと言いながらも、口角は上がっていて興奮気味だ。なにかいいことでもあったのかもしれない。

「どうしたの？」

琉華ちゃんは一度周りを見てから、声のトーンを落として話す。

「咲凜、怪我したんだって」

「え、怪我？」

昨夜バイト終わりにみんなからメッセージがきていた中に、咲凜のもあった。特に普段とは変わらない様子だったけれど、みんなが放課後に遊んでいるときになにかあったのだろうか。

「夜遅くにさ、咲凜から電話がきたんだよね。マッチングした大学生の人と夜ご飯食べに行くことになって、会ったときに揉《も》めたらしくって」

「……その男の人に怪我をさせられたってこと？」

私の言葉に、琉華ちゃんは深刻そうな表情で頷《うなず》いた。けれど、ゴシップを面白がっているように見える。

「顔殴られたらしいよ」

会ったばかりの男の人に、顔を殴られた？　あまりにも非現実的な内容に、私は呆《ぼう》然《ぜん》としてしまう。

「え？」

「やばくない？　てか、報いがきたって感じ」

聞き間違いかと耳を疑った。だけど、確かに今琉華ちゃんは、報いと口にした。

「だってさ、あれだけ男遊びしてたら、悪い奴に引っかかることだってあるでしょ」

琉華ちゃんは、マッチングアプリで相手を探す咲凜に『いい人と出会えるといいね』と言って応援していた。けれど、本心では違っていたのかもしれない。

「逆に今までなにもなかったのは、運がよかっただけだと思う」

どう返せばいいのか戸惑っている間に、琉華ちゃんはどんどん言葉を吐き出していく。

「ほぼ毎日誰かとマッチングしてたから、モテるって勘違いしてるよね。手軽に遊べる人探してる男だってたくさんいるのにさ」

私が本音を隠していたように、みんなだって隠していたものがあるのだと、改めて思い知らされる。それと同時に胸の奥がざわついて、妙な感覚に陥る。

誰もが一面だけを持っているわけではない。だけど別の面を知らない方が幸せだったかもしれない。一度見てしまったら、もう後戻りはできない気がして、急に教室の酸素が薄くなったような息苦しさを感じた。

「亜胡だって、咲凜のマッチングアプリの話、内心引いてたよね」

「え……」

引いていたわけではないよ。だけど自分には知らない人と繋《つな》がることは向いていないと思っていただけ。

そんな本心が喉《のど》につっかかって出てこない。なにも答えない私を肯定したのだと思った様子の琉華ちゃんが、片手でスマホをいじりながら「だよね」と苦笑した。

否定も肯定もせずにいる自分がずるいことをしている自覚はある。

だけど、この場で本音を言うことが怖かった。もしもここで「引いてない」と口にしたら、今度は私が裏でなにか言われてしまうかもしれない。

「おはよー！　琉華、さっき送ってきた話ってマジ？」

萌菜は教室に入ってくると、鞄を抱えたままこちらにやってきた。どうやら琉華ちゃんは、先ほど萌菜にメッセージを送っていたようだった。

「てか、初対面の男になにしたら殴られんの？」

「あの子、いつかなんか問題起こすと思ってたわ～」

「わかる。自業自得でしょ」

この状況に、私だけがついていけずにいた。

親しいはずなのに、今は咲凜のことを話のネタにしている。あえて名前を出さずに〝あの子〟と言いながら、口角を吊り上げて嘲笑《あざわら》っていた。

ふたりの顔が、まるで別人のように見える。

「おはよ～！」

咲凜が教室に入ってくると、琉華ちゃんと萌菜は一斉に静かになった。そしてマスクをしている咲凜に駆け寄る。

「咲凜、大丈夫？」

咲凜が教室に入ってくる数秒前まで、自業自得だと言っていた彼女たちは仮面をつけて、寄り添うような言葉を口にしている。声もほんの少しトーンが上がり、そして琉華ちゃんは「咲凜～！」と言いながら、抱き締めている。

「大丈夫だって～、そんな大したことないから」

「だって、話聞いて本当びっくりして！　でも無事でよかった！」

その様子が私には奇妙に見えて、血の気が引いていく。

私が思っていたよりも、このグループの関係は脆《もろ》くて、すでにヒビが入っていたのかもしれない。けれど、きっとそれをキラキラとした装飾でごまかしていたのだ。

入学して約一ヶ月という短い関係なのだから、こんなものなのだろうか。

納得するのと同時に虚《むな》しさと寂しさが込み上げてくる。グループの全員が不満を持たずに仲良しでいることなんて難しい。

ひとりになりたいと思うことはあったけれど、それとは別の居心地の悪さを感じる。けれど、このまま眺めているわけにもいかない。みんなの輪に加わらなくちゃと一歩踏み出すと、廊下側の席に座っている佐木くんと目が合った。その瞳《ひとみ》は、私の本音を見透かしている気がして、逃げるように俯《うつむ》く。

「なにがあったの？」

興味津々といった様子で萌菜が訊《き》くと、咲凜が「こっちきて」と私たちを窓側の端っこの方へと連れていく。そして、小声で昨夜起こったことについて話しはじめた。

「ご飯一緒に食べるだけって話だったのに、家まで連れて行こうとするから喧嘩《けんか》になっちゃったんだよね」

昨日みんなとファミレスで別れた後、咲凜はマッチングアプリで知り合った大学生と夜に会ったらしい。食事の予定が街を連れ回されて、一人暮らししている家まで連れていかれそうになり、口論になったそうだ。

「腕離してくれないから、振り払おうとしたら鞄《かばん》が相手の背中に勢いよく当たっちゃって。それで向こうがブチギレ。突き飛ばされて、地面に叩《たた》きつけられるみたいになってさ。……見てコレ」

マスクを外した咲凜の左頰には、赤い縦線の傷ができていた。地面に頰が当たって、そのときに擦れてできたものみたいだ。

「ええ、痛そう！　殴られたわけじゃなかったんだ？」

萌菜の発言に、咲凜が一瞬表情を強張《こわば》らせる。けれど、すぐにいつもどおりの笑みを浮かべた。

「殴られたわけじゃないよ〜。でもこの傷隠したくてさ、しばらくはマスク生活かも」

咲凜が笑うと、みんなもつられるように笑う。だけど、普段とは空気が違っていた。

琉華ちゃんが萌菜と目配せをしている。それを見て、嫌な予感がする。

私たちのグループに入った亀裂《きれつ》は、この先消えない気がした。

それから少しずつ、グループ内に異変が起こりはじめた。

最初は咲凜と琉華ちゃんがなにやら揉めているということだけ、私は把握していた。

ふたりで消えたかと思えば、廊下の端で険悪な空気で話していたり、琉華ちゃんが咲凜の顔色をうかがうことが増えてきていた。

「なにかあったのかな。萌菜はなにか知ってる?」

教室に取り残された私は、萌菜のところまで行き聞いてみる。すると、萌菜はドアの方向を見て苦笑した。

「琉華が咲凜のことを怒らせちゃったみたいだよ〜。私もちょっと琉華から聞いた程度だけど」

「……そうだったんだ」

このグループの中で、最初に揉めたのがあのふたりなのは意外だった。けれど、一番仲がいいからこそ、ぶつかりやすいのかもしれない。

「私的には、咲凜が怒りすぎかなーって感じだけど。でも、うちらはさ、いつもどおりでいればいいんじゃないかな」

そのうちふたりの仲も元に戻るはず。そう思っていたけれど、関係は日に日に悪化していった。

一年生の間で、咲凜がパパ活をしているとか、男遊びをしていて暴力沙汰《ざた》になったなどと、悪い噂が広まっていき、私たち四人の溝も更に深くなっていく。

琉華ちゃんは特に萌菜にべったりになり、咲凜は自分からこちらに来なくなった。

「亜胡も飲み物買いに行こ～」

どう動くのが正解かわからず、戸惑う私を毎回萌菜が呼ぶ。

「あ……うん」

萌菜に誘われて、私は鞄からお財布を取り出して立ち上がる。ちらりと咲凜の方を見ると、ひとりで席に座っていて、スマホをいじっている。

「いいから、早く行こ」

私が咲凜を見たことに気づいたようで、琉華ちゃんが私の腕を引っ張っていく。

最近こういうことが増えた。

以前なら、飲み物を買いに行くときやトイレなど、琉華ちゃんと咲凜が一緒に行動していたのに、あからさまにお互いを避けているようだった。

クラスメイトたちもこの異変に気づいているようで、遠巻きに私たちを見ているのがわかる。いじめとまでいかなくとも、これは誰が見ても故意に咲凜を外そうとしている状況に見えるはず。

廊下に出ると、琉華ちゃんがため息をついた。

「空気しんどくない？」

萌菜は「わかる」と頷《うなず》く。優しい萌菜でさえ、咲凜に冷たいのを見て、私は困惑していた。いつだって萌菜は周りを見て、困っている人がいたらフォローに入ってくれる。そんな彼女がここまで咲凜を拒絶するのは、なにか理由があるのだろうか。

「別に外したいわけじゃないけど」

それならどうして、咲凜に声をかけずに教室を出たの？　こんなの仲間はずれと一緒だよ。そう思っても、口に出すこともできず、一緒にいる私も同罪だ。

だけど、咲凜ひとりを教室に残している罪悪感がある。仲間はずれになんてしたくないのに、いつも私はわが身の保身ばかりを最優先してしまう。

「咲凜といるの、しんどいよね～」

私はおそるおそる琉華ちゃんに質問をしてみる。

「なにかあったの？」

すると、琉華ちゃんはキョトンとした。萌菜も同様に目を丸くしていて、私の言っている意味を理解していないようだった。妙な空気になってしまって、私は慌てて言葉を探す。

「えっと、咲凜となにかあったから、一緒に行動するのやめたのかなーって」

「あー……」

琉華ちゃんと萌菜が、意味ありげに顔を見合わせて苦笑した。

「亜胡にはあんまり話してなかったもんね～」

「うちらさ、前々から咲凜のこと少し苦手だったんだ」

どくりと心臓が嫌な音をたてて、動揺を隠せず表情が強張る。

「あ、いやでも、好きなところもあったよ。だけどさ……時々発言とかキツイなーって」

咲凜が怪我をしたあたりから、薄々ふたりがなにか思うことがあるのだと感じていた。けれど、苦手だったと聞いてしまうと、今までのやりとりを思い返して、あれもこれも偽りだったのだろうかと疑いを持ってしまう。

だけど、まだ日も浅くて脆い関係だとわかっていたはずだ。それなのにいざ壊れていく関係を前にして戸惑う。

「……そうだったんだ」

「亜胡も咲凜のノリに合わせるのキツかったでしょ」

琉華ちゃんの発言に対して、私の代わりに萌菜が「タイプ違うもんね〜」と返す。

趣味や性格が合って仲よくなったわけではなかった。

咲凜は、私とは別のものを見て生きている子で、画面越しで見ている煌《きら》びやかなSNSのインフルエンサーのような、そんな存在。友達だけど、住む世界が違っている。

でもだからこそ、憧《あこが》れる気持ちもあった。

「機嫌取るのも面倒だよね」

咲凜は自分のしたいことをはっきり言ってくれるから、そういうところが私は好きだった。

「だよねー。てか、咲凛ってさ、人と合わせない自分かっこいいみたいに思ってるとこあるじゃん？　ああいうのって痛くない？」

そんなことない。自分を持っていて、強くてかっこいいなって思ってた。

琉華ちゃんと萌菜の話が盛り上がっていく中、私の心はどんどん温度を失っていく。なにも言い返すことができず、情けない。

この場にいたくないのに、抜け出せない。もしもこの場を抜けて、咲凛の方へ行けば、今度は私がターゲットになってしまうかもしれない。

「私はそうは思わないけどとか、わざわざ口に出して空気ぶち壊すし」

「でも結局あれって承認欲求の塊だよね。なにかあるとすぐSNSで自慢書いて、反応しないといけないこっちの身にもなってほしい」

「わかる。マッチングした人に貰《もら》ったとかいってブランドのバッグ載せてたけど、マウントやばすぎだよね」

たとえひとつも共感ができなくても、完全な悪者になりたくないズルい私は、その場凌《しの》ぎの愛想笑いを浮かべる。それなのに悪口を言うことは避けるのは、少しでも自分の罪悪感を減らしたいからかもしれない。

「てか、パパ活してるって噂になってなかった？　目撃者でもいたのかな。琉華なにか知ってる？」

萌菜が興味津々といった様子で聞くと、琉華ちゃんは苦笑する。

「どうだろうね。……私も噂で聞いただけだから、わかんないや」

「琉華でも知らないのか～。実際どうなんだろうねー。亜胡はなにか知ってる？」

話を振られて、私は首を横に振る。咲凜はマッチングアプリをしていたけれど、パパ活をしているなんて本人から一度も聞いたことがない。

「隣のクラスの子たちにも聞いてみようかなー」

そんなことをしたら広まって、更に噂が立ってしまうから、やめた方がいいよ。言いたいのに声に出すことができない。今ここで意見を言ったら、次は私の番になる。

『大事な青春の時期だから、今を大切にして』

先生はそう言っていたけれど、本当にこの時期って大切なのだろうか。

私は自分の居場所を守るために、友達の機嫌を取るために毒を飲む。それが誰かを傷つけることになったとしても、自分が傷つかないためにそうするしかない。

お互いを隔てる透明な壁はどんどん分厚くなっていき、心の距離は遠くなっていた。咲凜も、琉華ちゃんも、萌菜も、なにを考えているのか私にはわからなかった。

それから、咲凜と私たち三人は挨拶《あいさつ》を交わすことも、目が合うこともなくなった。

メッセージを送り合っていた四人のトークルームは、三人だけの新しいものができた。

四人のトークルームの通知が消えて、一覧の下の方へと追いやられていく。

まるで最初から三人グループだったかのように、新しい通知が増えていって、載せられる画像も、三人で撮ったものばかり。咲凜が繋《つな》いでくれたグループのはずなのにと思いながらも、私はなにもできなかった。

バイト帰りにスマホを開くと、萌菜からメッセージが届いていた。

【咲凜のこと気にしない方がいいよ】

私がなにもできないことに歯痒《はがゆ》さを感じていると気づいたみたいだった。

【でもこのまま咲凜をひとりにしていいのかな】

私や萌菜が琉華ちゃんとばかり行動しているから、咲凜は近づきにくいのかもしれない。

【咲凜と琉華の両方と行動するのは無理じゃないかな。それに咲凜から離れていったでしょ。だから亜胡が気にしなくていいと思う】

あまり下手な行動をするべきじゃないと、萌菜に止められているように感じた。

【今は琉華の傍にいてあげようよ。うちらまで揉《も》めたくないじゃん？】

咲凜が輪から抜けた以上、中心にいるのは琉華ちゃんだ。萌菜の言いたいことはわかる。傍にいてあげようと言っているけれど、離れたら今度は私たちの番になると言われている気がした。

【そうだね】

流されるように私は返事をする。咲凜のことを心配しながらも、ひとりになることの方が怖いんだ。

真っ直ぐに家に帰る気も起きなくて、近くのコンビニに入る。特に欲しいものがあったわけではないけれど、レモンティーのペットボトルを手に取った。

「西田？」

聞き覚えのある声に、慌てて振り返る。

お菓子コーナーのところに、佐木くんが立っていた。

「え、あ……さ、佐木くん」

吃《ども》ってしまって、恥ずかしくて俯《うつむ》く。もっと自然な会話をしたいのに。

「なにかの帰り？」

「う、うん！　バイト帰り。……佐木くんは？」

「俺も」

佐木くんは私の隣までやってくると、ミルクティーのペットボトルを手に取った。

それをじっと見つめていると、佐木くんが首を傾げる。

「どうかした？」

「甘いの好きなんだなって思って」

「疲れたときって、こういうの飲みたくなるから」

中学が一緒で一時期仲がよかったとはいえ、佐木くんについて知らないことはたくさんある。私たちの通っていた中学校は給食だったし、水とお茶以外の飲み物は持ち込み禁止だった。だから、佐木くんが甘い飲み物を好んでいるのは今初めて知った。

お会計をすませると、コンビニの外で佐木くんが待ってくれていた。これは一緒に帰る流れなのだろうかと、そわそわしていると腕を掴《つか》まれて引き寄せられる。

「危ない」

私が立っていたすぐ横の駐車場に車が停まった。

「……ありがと」

緊張しすぎて周りが見えていなかった。けれど、掴まれたままの腕に意識が向いてしまって、心臓の鼓動が大きく跳ねたまま落ち着いてくれない。

「悪い。口で言えばよかった」

「ううん、大丈夫」

佐木くんは、申し訳なさそうに私の腕から手を離していく。腕には大きな手の感触が残っていて、余韻が消えない。

私たちは夜道を歩きながら、お互いのバイト先についての話をした。

佐木くんのバイト先は、駅前の小さな古書店らしい。私も中学生の頃に一度行ったことがあるけれど、難しそうな本ばかりだった。

「書店のバイトって忙しいの？」

「俺が働いてるところは、そこまで忙しくない。でも、重いもの運ぶことも多いから体力必要だし、本の場所を聞かれやすいから暗記しないといけないんだ。西田のところは？」

「私のバイト先は、平日の夕方がすごく忙しいかな。レジ打ちっていっても、カゴの中にどれをどこに置くか考えないといけなくて」

「物によっては、潰《つぶ》れるもんな」

「そう！　カゴいっぱいに商品が入ってるときは、内心どれからレジ打とうって慌てることもあるんだよね」

こんなふうに佐木くんと会話をするのは、久しぶりだった。書道室でも会話はしたけれど、あのときはぎこちなかったから。でも今は、昔に戻ったみたいに会話が弾む。

隣を歩いていると、背が伸びたなぁと改めて感じる。前はそこまで変わらなかったのに、今ではだいぶ身長差があった。

それに佐木くんの家の方向は、こっちじゃない。わざわざ私に合わせて、遠回りしてくれているみたいだった。歩く速度だってゆっくりで、私が話せば視線を向けてくれる。

そういうさりげない優しさに、胸がぎゅっと締めつけられる。

「学校慣れた？」

「え？……まあまあかな」

突然の話題に、私は曖昧《あいまい》に答えた。慣れた部分もあるけれど、最近起こった友達関係の変化には心が置いてきぼりをくらっている。

「西田、なにかあったら……」

言いかけて佐木くんは口を噤《つぐ》んだ。

「なにかあったら？」

「いや……こんなこと言うと引かれるかなと思って」

どういうことかと私は目を瞬《まばた》かせる。

「別に俺じゃなくてもいいから、誰かに相談とかして」

「もしかして、心配してくれてる？」

黙り込んだ佐木くんは、視線を逸《そ》らして頷《うなず》いた。きっと同じクラスの佐木くんは、私たちのグループに起こっている異変にも気づいている。だからこそ、こうして気にかけてくれているみたいだ。

「ありがとう。佐木くん」

ペットボトルのキャップを捻《ひね》り、私は冷たいレモンティーを口内に流し込む。甘くて爽《さわ》やかな味が広がって、喉《のど》を潤していった。

「みんなで仲よくしていたかったけど、難しいね」

入学してすぐのときは、相手のいい部分ばかり見えていたけれど、一緒に行動する時間が長くなるほど、色々な部分が見えてくる。

「西田は、あの三人といて楽しいの？」

ストレートな質問に、私は面食らう。

「え？」

「時々無理してそうに見えるから」

「そっか。そう見えるんだね」

力なく笑いながら、私はペットボトルを握りしめる。

「無理してるときもあったけど……でもね、好きなところも、合わないところも、両方あるんだ」

咲凜は好奇心旺盛《おうせい》で、自分をしっかり持っている。そんな彼女に憧《あこが》れるけれど、自由奔放すぎるところには時々ついていけなくなることもある。

琉華ちゃんは、しっかり者でみんなのまとめ役。バイトをしながら、勉強も頑張っていて努力家ですごいなと思う。だけど、噂好きなところや、気分の波が激しいところがあるので、彼女の前で失言するのが怖い。

萌菜は周りをよく見ていて、困っていたらフォローしてくれる。一番話しやすいけれど、一番本音が見えない相手。優しく見えて、相手の立場や利点で一緒にいるか、離れるかを決断するところがある。今回だって、咲凜と琉華ちゃんが揉めたとき、最初は静観していたけれど、咲凜の噂が立つとすぐに琉華ちゃんの方にくっつくようになった。

萌菜を責めたいわけではない。学校の中で上手《うま》く生き抜くために、大事な術《すべ》のひとつなのだと思う。だけど、四人で笑い合っていたあの時間が一瞬で消えてしまったのが、私は寂しくてたまらなかった。

「一番ずるいのは、私なのかも」

周りに合わせてばかりで、表面上の心配ばかり。それに合わせているのだって、波風を立てたくなくて自分を守るためだ。

「選択授業もね、本当はみんなで音楽にするはずだったのに、私はわざと書道にしたんだ。一緒にいるのは楽しいけど、時々疲れちゃうことがあったから」

それなのに嘘つきな私は咲凜たちの前では、間違えてしまったフリをしていた。知られたら、きっとみんなに引かれるはず。

「自分で選択する授業なんだから、西田がなにを選んだっていいだろ」

「それは……そうだけど」

「俺は西田が書道を選んでくれたから、また話す機会ができてよかったけど」

ミルクティーを飲んでいる佐木くんの横顔を見つめる。彼がなにを考えているのか、わからない。隣にいるのに、透明な壁がある。中一の頃よりも、ずっと分厚くて心の距離が遠い。それなのに、かけてくれる言葉が時々くすぐったくて、忘れていた感情を思い出してしまう。

「でも、教室では話さない方がいいんだよね？」

かわいくないことを言ってしまって、すぐに後悔する。私もまた話せて嬉《うれ》しいと言えばよかった。

「それは……ごめん。俺の噂のこともあるから、西田に迷惑かけたくなくて。でもなにかあれば、言って」

辛《つら》そうな表情で、佐木くんは言葉を続ける。

「俺には、このくらいしかできないけど」

どうしてそんな顔をしているのか、聞くことができないまま、私の家の近くまで着いてしまった。

「じゃあ、また学校で」

佐木くんが背を向けて歩いていく。遠ざかっていく背中に向かって、私は「佐木くん！」と声をかける。

「ありがとう！」

本当はもっと違う言葉を伝えたかった。自分の家の方向じゃないのに、こっちまで送ってくれたこと。私の心配をしてくれたこと。だけど、出てきたのはたったの一言だった。

振り返った佐木くんは軽く手を振って、「気をつけて帰って」と去っていった。

解決策はまだ見つからないし、これから四人グループがどうなっていくのか想像もつかない。それでも、話を聞いてもらえるだけで、心が少し軽くなった。

それから教室でひとりぼっちになった咲凜は、休み時間も自分の席に座っていることが多くなった。表情ひとつ変えずに、周りの目なんて気にしていない様子で、スマホをいじっていて、こちらには見向きもしない。

昼休みになると、ぽつんとひとりでご飯を食べている咲凜と、三人で固まっている私たちは悪目立ちしてしまう。

「いじめ？」

「秦野さんが外されるのって意外じゃない？」

そんな声も時折聞こえてきて、周りからの視線を痛いほど感じる。そのため、私たち三人は空き教室でお昼ご飯を食べることにした。

この教室は、昔クラスが七クラスあったときに使っていたらしい。今はひとクラス減ったため、余った机や椅子、過去に体育祭や文化祭などで生徒たちが作った垂れ幕や看板などの物置き場になっている。

物に囲まれているからか、同じ大きさのはずなのにここは狭く感じる。

窓側に三人で固まって座ると、不満げに琉華ちゃんが顔を顰《しか》めた。

「自分から抜けたのに、あからさまにぼっちアピールしてるよね」

あくまで咲凜からグループを抜けたことになっているけれど、そういう空気にしたのは私たち三人だ。咲凜だって自分を除《の》け者にしている空気に気づいたに決まっている。

「みんななにも知らないから。うちらだけが悪者みたいになってるし」

「琉華、ずっと我慢してきたもんね〜」

「まあ、結果的に彼氏とは別れてスッキリしたし、咲凜が言ってたこともわからなくはないんだけどさ。自分の意見押しつけてくるのはしんどかった」

「咲凜は他人の気持ちとかあんまり考えてないんじゃない。自分基準じゃん。ね、亜胡」

私は目を瞬かせながら、机に置いていたお茶のペットボトルを握りしめる。話の内容に、まったくついていけていない。琉華ちゃんが彼氏と別れたことを初めて知った。

それに、咲凜と琉華ちゃんの間になにがあったのか私は詳しく知らなかった。

「琉華ちゃん、彼氏と別れたの?」

予想外の返答だったのか、萌菜が口をぽかんとさせる。

「ええ! 亜胡、そこから~? ぼーっとして話聞いてなかった?」

さすがにその話題を聞き逃すことはない気がする。けれど、一生懸命記憶を辿《たど》ってみても、琉華ちゃんの彼氏の話を聞いた覚えがない。それなら私がいないタイミングで話していた可能性もある。

「もしかして、私がいなかったときかな?」

「あ、バイトだったから無理ってなった日かも」

「そういえば、咲凜が怪我した日だもんね。そっか、それだ!」

萌菜が納得した様子で手を叩《たた》く。

聞いていなかったわけではないとわかり、ほっと胸を撫《な》で下ろした。でもそれと同時に、私っているかいないか忘れられるほど、ふたりの中で大したことのない存在なんだなと痛感する。

「琉華が彼氏のことで悩んでたら、だらだら付き合ったまま振り回される琉華が悪いって、無神経なこと言ったりしてたんだよね~」

その話を聞いて、咲凜らしいなとも少し思ってしまった。

咲凜がマッチングアプリで、見た目が好みの人と出会ったとはしゃいでいたことがあったけれど、会ってみて性格が合わないからと、すぐに連絡先を消していた。無理して相手に合わせるくらいなら、関係を切った方がいい。そんなことも言っていた気がする。

「私の元彼、束縛激しいって話したことあるでしょ？　それでちょっと疲れちゃって。咲凜的には、ずるずる付き合ってることに呆《あき》れてたみたい」

以前琉華ちゃんは、彼氏に毎日必ず朝昼晩と連絡を入れないといけないと言っていた。遊んでいても、女友達といる証拠を見せないといけないからって、写真を一緒に撮ることもあったほどだ。

「クズな彼氏と別れた方がいいとか、依存してるだけだとか……好き放題言われて、うんざりしたんだよね」

「しかも、琉華のこと結論が出ていることをうじうじ悩んでるとか言ってたし……酷《ひど》いよね」

萌菜が私に同意を求めるように、「ね？」と聞いてくる。

それには私も頷《うなず》いた。合わない部分があるとはいえ、彼氏のことが好きで付き合っている琉華ちゃんにとって、直接そんなことを言われるのはキツイ気がする。

「それでふたりは揉《も》めたの？」

琉華ちゃんと萌菜は顔を見合わせて苦笑する。

「きっかけは、マッチングアプリで知り合った人に怪我させられたときあったじゃん？　あれを私が萌菜と亜胡に許可なく話したことに怒っちゃって」

「琉華が面白がって広めてるって思われちゃったんだよね」

「そう。そんなつもりなかったって説明しても、機嫌直してくれなくて。段々私も我慢してきたものが爆発して、言い返したら喧嘩《けんか》になったんだ」

その場にいたわけじゃないから、ふたりの間にどんな会話があったのかはわからない。だけど、琉華ちゃんが咲凜の怪我のことを話しているとき、私も面白がっているように見えてしまった。

琉華ちゃんにその気はなくても、咲凜が複雑な気持ちを抱いていたのは理解できる。

「まあでも、うちらあんまり合わなかったし。いずれこうなっていたのかも」

グループの中で、一番気が合っているように見えた咲凜と琉華ちゃんの間には、私の知らない壁があったようだった。

いつもは四人だった居場所に空席ができて、そのことにこの先慣れていくのだろうかと考えると寂しさがある。

「うわ、投稿してる。見てこれ」

琉華ちゃんが、スマホ画面を私たちに見せてくる。そこには咲凜のSNSが表示されていた。

【学校しんどい】

投稿されたのは五分前。萌菜が顔を顰めて、ため息をついた。

「辛《つら》いアピールするのやめてほしいんだけど。うちらだって、咲凜の言動に耐えてきたのに」

琉華ちゃんが咲凜の投稿についたコメントのマークをタップする。すると、そこにはすでに十件以上のコメントがきていた。

「うわー、早速いろんな人からリプ来てるじゃん。さすがネットでは人気者」

【大丈夫？】【なにかあったの？】など、どれも咲凜を心配しているコメントだ。アイコンやユーザー名を見ても、覚えがないため、おそらくは学校の人ではない。咲凜は中学の頃から、見た目の可愛さや発信するヘアアレンジやメイクの投稿によって、SNSで知名度があったらしく、フォロワーが多い。

「こういうの書かれるとさ、たぶん私が悪者にされるんだろうね。特に咲凜と仲よかったし。さっきも隣のクラスの子に、言われたんだよね。咲凜のこと琉華がいじめてるって噂になってるって」

琉華ちゃんがげんなりとした様子でため息をつく。

「私……別に咲凜のこといじめたいとか思ってないのに」

「こういうやり方する咲凜が悪いよ。私たちは琉華がしんどい思いしてたこと、わかってるから」

萌菜が寄り添う言葉をかける。だけど、私はその意見に同意はできなかった。

私たちがしていることも、悪いことではないのだろうか。

「それにさ琉華、このまま黙っていいの？　変に疑われるくらいなら、本当のこと周りに伝えた方がよくない？」

「だよね。やられっぱなしなのは絶対嫌」

苛立《いらだ》った様子で琉華ちゃんが自身のスマホを取り出して、なにかを打っていく。少しして萌菜がスマホを見ると、噴き出した。

「やだ、琉華。なにしてんの」

「仕返し」

「亜胡も見てみて」

なにを見てほしいのか察しがついて、私はSNSのアプリを開く。琉華ちゃんの投稿が流れてきて、硬直する。

【自分が悪いのに、辛いアピールやめてほしい。消えちゃえばいいのに】

咲凜の投稿に対してモヤモヤしたとしても、こんなふうにやり返していいとは思えない。故意に咲凜に冷たい態度をとって、傷つけているのは間違いないのに。まるで咲凜だけが加害者みたいだった。

「でも消えちゃえは言い過ぎじゃない？……大丈夫かな」

「そうかもしれないけど……誤解されたままじゃ嫌だし」

言い過ぎだと話しつつも、仕返しをしたことによって、琉華ちゃんの機嫌が良くなっていて、スッキリしたようだった。

特に琉華ちゃんは元々なにかあるとすぐに投稿する癖がある。入学当初も学校への文句や、バイト先の人への苛立ちが頻繁に書かれていた。今回もそんなノリで軽く書き込んだのだろう。だけど、それを咲凜が見たら傷つくはずだ。

こんなことやめようよ。SNSに書いてなにになるの。

声に出せない言葉が心に溜《た》まっていく。

「あ、そうだ！　これ見て！」

琉華ちゃんが動画を流しはじめる。以前からみんなで休み時間になると時々見ていた配信で、高校生のあるあるネタでコントをしているチャンネルだった。

「うわ、これわかる〜！　こういうのあるよね〜！」

それを見て、萌菜が笑う。私も同じように口角を上げるけれど、心が追いつかなかった。前までは楽しんで見ていたはずなのに、笑うと頬がピリッと痛む。

私の右側はぽっかりと穴が空いている。本当ならここに咲凜もいたはずなのに。

また四人で一緒にいる方法はないのかな。

けれど、それを言っても場が白けてしまう気がした。今度は、私がSNSに書かれる側になってしまうかもしれない。そんなふうに怯《おび》えて行動に移せないちっぽけな私には、悪口を止める力もない。

机に置いていたスマホにメッセージが届いた。送り主の名前を見て、私は目を見開く。

【今はとりあえず、琉華のこと見守ろ？　色々あって辛いみたいだからさ】

送り主は目の前に座っている萌菜だった。萌菜としては、琉華ちゃんに寄り添うのが最優先と思っているらしい。

【そうだね。でも、咲凜大丈夫かな。私、話してみようかな】

琉華ちゃんと咲凜の問題なのに、私まで咲凜を避けるのは違う気がする。けれど、私の行動ひとつでグループ内の状況が悪化するのも怖い。

【咲凜のことはそっとしておいた方がいいかも。今度私が話してみるよ】

なにもしない方がいいと遠回しに言われた気がして、私は【わかった！】とだけ返事をする。私よりも萌菜の方が、きっと立ち回りが上手だ。だから、任せた方がいいのかもしれない。

けれど、本当にこれでいいのだろうかとモヤモヤとした気持ちが残っていた。

昼休みが終わる十分前になると、私たちは教室に戻ることにした。

気分は沈んだまま浮上しない。楽しげに話している琉華ちゃんと萌菜に今日はついていけなかった。

六組の教室の前まで着いたところで、私は立ち止まった。

「トイレ行ってくるね」

「うちらも一緒に行こっか？」

萌菜の言葉に、琉華ちゃんが一瞬面倒くさそうに眉《まゆ》を寄せた。琉華ちゃんは真っ直ぐ教室に戻りたいみたいだ。すぐに私は笑みを作りながら首を横に振る。

「大丈夫！　ふたりは先戻ってて～」

琉華ちゃんと萌菜を見送って、私は反対方向に歩いていく。

ひとりになった瞬間、刺すように頰が痛む。そして、胸の奥に冷たく黒い感情が落ちてきた。

まだ一学期で、これから先は長い。上手《うま》くやらなくちゃ。揉《も》めないように、嫌われないようにしなくちゃ。だけど、どうすればいい？　誰かを仲間はずれになんてしたくない。深い関係を築けなくても、平和でいたかった。

それになんとなく感じるのは、次は私の番だ。グループ内で誰かが外されて、そして次の生贄《いけにえ》のような存在ができる。それは中学の頃から、教室の中で見てきた光景だ。

四人で過ごした日々が恋しくなる。つい合わせてしまって、しんどいこともあったけれど、楽しいこともたくさんあった。できればあのまま、みんなで一緒にいたかった。

トイレの前まで辿《たど》り着くと、ちょうど咲凜が中から出てきた。目が合って、お互い固まってしまう。

まさかこのタイミングで鉢合わせしてしまうなんて思わず、顔が引き攣《つ》ってしまいそうになる。

咲凜の大きな瞳《ひとみ》は不安げに揺れていて、緊張している様子で唇も固く結ばれていた。かける言葉が見つからない。けれど、なにか言わないといけない気がして、私は迷いながらも、唇を薄く開いた。

するると、咲凜は気まずそうに視線を逸《そ》らして、私の前を横切っていく。

「……咲凜」

振り返って咄嗟《とっさ》に名前を呼んでも、咲凜は立ち止まらなかった。

トイレの中から楽しげな笑い声が聞こえてくる。誰かが中で話し込んでいるみたいだった。私はトイレに入るのをやめて、階段の方へと足を進めていく。

幸い人がいなかったため、壁に寄りかかりながら深いため息をついた。

私、なにしているんだろう。状況を軽く考えすぎていたかもしれない。

あんな咲凜を初めて見た。いつだって堂々としていて、言いたいことがあるのならハッキリと言えばいいという性格だと思っていた。けれど、先ほどの彼女は弱々しくて、私の一挙一動に怯えているみたいだった。

私も加害者だという現実を突きつけられた気がした。

一緒になって悪口を言わなければいいと、一歩後ろにいるようなつもりでいたのだ。でも咲凜からしてみたら、私も琉華ちゃんたちも変わらない。

私たちが、咲凜の笑顔を奪ってしまったのだ。

今更こんな身勝手な罪悪感を抱く自分に嫌気がさす。

中学の頃から、私はなにも変わっていない。

佐木くんのときだって、そうだった。

あの頃、私は自分を守るために、好きな人を見捨てたんだ。

昼休み終了のチャイムが鳴り響く。早く教室に戻らないといけない。それなのに足が動かない。頬も痺《しび》れたみたいに痛くなってきた。

「西田」

びくりと体を震わせて、慌てて顔を上げる。すぐ近くに佐木くんが立っていた。

「大丈夫？」

そんな優しい言葉をかけてもらう資格は私にはない。少し前まで仲がよかった友達を外しているなんて最低だと軽蔑《けいべつ》されてもおかしくない。

「俺が前に話したこと、覚えてる？」

「え？」

「書道のときに、心が死んだらどうなるかってやつ」

どうして急にそのことを聞かれるのかわからないけれど、私は戸惑いながらも頷《うなず》く。忘れられるはずがない。詳しくは聞けないままだったけれど、印象的な言葉だった。

「……亡霊になるって、どういう意味？」

「正しくは亡霊のようになる」

そう説明されても、私にはさっぱりわからない。

佐木くんは私を真っ直ぐに見つめながら、硬い声で言った。

「このままだと秦野咲凜の心が死ぬ」

# 二章　心の痛みと引き換えに

最近、なにかが足りないような気がする。

窓側の後ろの方で教室全体を見回しながら、違和感の正体について考えてみるけれど、拒むようにこめかみがずきりと痛む。

「でね、バイト先にかっこいいなって思う人がいるんだけどさ」

考えることを中断して、琉華ちゃんの話に耳を傾けると、頭痛が引いていった。

「えー、いいじゃん！　連絡してみたら？　ね、亜胡」

「うん。新しい恋をしてもいいと思うな」

萌菜に話を振られて、私は笑顔で頷く。

「でも、やっぱまだ次の恋は早いかなって思うんだよね」

悩ましげに琉華ちゃんが、スマホをいじりながらため息をついた。

私たちは三人グループで、常に琉華ちゃんが話題の中心にいる。

琉華ちゃんは文武両道な優等生で、先生たちからの信頼も厚い。だけど恋愛のことでは、今は少し臆病《おくびょう》になっている。以前付き合っていた年上の彼氏の束縛が原因で別れてから、恋愛には気乗りしないみたいだ。

「その相手ってどんな人？」

興味津々といった様子で萌菜が聞くと、琉華ちゃんが口角を上げて「星和《せいわ》の二年」と小さな声で答える。すると、萌菜が目を見開いた。

「ええ！　マジで！」

星和は偏差値の高い高校で、制服も焦げ茶色のブレザーなので街で見かけるとよく目立つ。それと嘘か本当かわからないけれど、美男美女が多いとも言われている。

「爽《さわ》やかな雰囲気で、すごく優しいんだよね」

連絡を入れるのを躊躇《ためら》っているものの、琉華ちゃんは相手のことが好きみたいだ。

ただ、琉華ちゃんが彼氏と別れて二週間ほどしか経っていないため、私も萌菜もどこまで背中を押していいのかわからない。

こういうときは「一緒に出かけようって誘ってみたら？」と積極的に言ってくれる子がいたけれど、今は私たちのグループからは抜けている。

「とりあえずさ、バイトの話題とかで連絡入れてみたらどう？」

「うーん……じゃあ、ちょうど伝えておきたいことがあったから送ってみようかな」

萌菜の後押しもあり、琉華ちゃんはスマホにメッセージを打ちはじめる。

相手の人にメッセージを送り終えると、机に置いているスマホを何度も確認していた。返事がいつくるのか待ちきれないみたいだ。

そういう気持ちは私にもわかる。と言っても、中学一年の頃の話だけれど。しかも、最後は返事すらこなくなったので、今では苦い思い出だ。

「てかさ、亜胡は香野くんとどうなってるの？」

「それ私も思ってた！　亜胡って全然自分の話しないし」

琉華ちゃんと萌菜から期待するような眼差《まなざ》しを向けられる。どうと言われても、ふたりが喜びそうなことはなにもなかった。

「連絡したのは最初の数日だけだよ」

「ええ！　そんなんじゃダメだって！　自分から連絡したらいいのに！」

「いつも亜胡って、受け身だよね。だから彼氏できないんだよ」

「だよね。本当もったいない！」

ダメってなんだろう。それに私、彼氏欲しいなんて一度も言ったことないのに。萌菜の発言に引っかかりながらも、私は無理やりに口角を上げる。

「クラスも違うし、話すことないんだよね」

「亜胡って案外ドライだよねぇ」

萌菜はつまらなそうに頬杖《ほおづえ》をつく。この話題が終わることを願っていると、琉華ちゃんと目が合った。

「抜けてるとこあるから、男ウケよさそうなのにね」

薄笑いを浮かべながら琉華ちゃんが口にした言葉には、毒が含まれている気がして、私は咄嗟《とっさ》に首を横に振った。

「そんなことないって！」

笑みが消えたのを見て、冷や汗が背中に滲《にじ》む。

失敗したかもしれない。否定したことによって、逆に感じ悪いと捉《とら》えられてしまっただろうか。

だけど本当に、高校に入って男子から連絡先を聞かれたのは一度きり。むしろ私よりも琉華ちゃんの方が男子たちから好意的に見られているように思える。

「琉華ちゃんこそ、こないだバイト先でお客さんから連絡先渡されたって言ってなかったっけ？」

「あー、あれね！　見て、これ。すごい長文じゃない？」

琉華ちゃんの表情が切り替わって、明るくなる。渡された手紙の写真を撮ったらしく、それを私と萌菜に見せてきた。

「いきなりこれだけ渡されて、びっくりしたんだけど」

機嫌が直ったことに安堵《あんど》する。それと同時に、不満が心の中を侵蝕《しんしょく》していく。

香野くんの話題を、ふたりはいつまで引っ張る気なのだろう。

連絡先を聞いてきたのは香野くんからだったけれど、向こうだって少し気になった程度だったはず。本気で好きなわけではないのは、やり取りをしていたらわかる。

こうして退屈凌《しの》ぎの話のネタにされるのが、嫌でたまらなかった。だけどやめてと言ったら、ふたりに面倒なやつだと思われるかもしれない。

「あ、そろそろ移動しないと」

もう少しで選択授業が始まってしまう。私たちはペンケースを持って、慌てて教室を出た。

「じゃ、亜胡またあとでね〜」

「うん、あとでね」

音楽を選んだふたりを見送って、私は深い息を吐く。頰のあたりが痙攣《けいれん》して痛む頻度が増えてきた。だけど、選択授業の時間にひとりになれるのは幸いだった。

最近特に琉華ちゃんからの当たりがキツくなった気がする。

離れたあと、私はすぐにSNSのアプリを開いた。

先週から琉華ちゃんのアカウントには、私に対しての投稿がされていた。

【靴下長すぎてダサい】

この投稿が、自分のことを書かれているのでは？　と思ったきっかけだった。

学校内でくるぶしから数センチ上までの靴下が流行《はや》っていて、ほとんどの人が短い靴下をはいている。

琉華ちゃんの周囲で当てはまるのは、私だけ。この書き込みは私を指しているのではと焦りを覚えた。

長い靴下をはいていた理由は、脚を見せるのが嫌だったからで、特にこだわりがあったわけではない。

けれど、自分の足元を見て、急に恥ずかしくなった。

週末に靴下を買い替えて、月曜日から短い靴下で登校すると、琉華ちゃんのSNSには【長さ変わったのウケる】と投稿されていた。それによって、あれは私のことなのだと確信した。

でもグループ内で平和に過ごすために、鈍感なフリをする。

鈍感で抜けていて、いじられても笑う。そんな馬鹿で嘘つきな自分を演じていた。それが唯一の居場所を守る方法だから。

『そういうの逆にダサくね？ 似合《よ》ってないし』

昨日弟から言われたことが頭を過ぎった。私の靴下の長さや、始めたばかりのメイクを笑ってくる。両親からは逆に『友達の影響を受けすぎじゃない？』と言われることもあった。

だけど、中学の頃は弟に『ダサいから姉って知られたくない』と言われたり、『もう少し女の子っぽいものに関心持ったらいいのに』とお母さんに呆《あき》れられたりした。自分達が言ったくせに。いざお洒落《しゃれ》に関心を持ったら、難色を示す。

私の好きにさせてよ。そう思うのに、周りの意見がどうしても気になってしまう。

琉華ちゃんの最新の投稿を見て、吐く息が震えた。

【マジで苛々《いらいら》する】

詳しくは書かれていなかったけれど、時間は一分前。私のことのような気がして、頬が痙攣して痛みが広がる。

考えすぎかもしれない。だけど、嫌われているかもしれないと一度思ってしまうと、相手の些細《ささい》な言動が怖くなる。

一緒にいるのが楽しかったはずなのに、今では琉華ちゃんの一挙一動に怯《おび》えてしまう。泣きたくなくて、必死に眉間《みけん》に力を入れて涙を堪《こら》えた。

しっかりしなくちゃと、爪が食い込むほど手を握りしめる。

嫌われないように気をつけていないと、居場所なんてすぐに消えてしまう。

書道室に入ると、すでにほとんどの生徒たちがいた。教卓の近くに置いてある書道の道具一式を手に取る。

私は床に敷かれた新聞紙を踏まないようにしながら、いつも座っている廊下側の後ろの方へ歩みを進めていく。佐木くんの姿を見つけて、どきっと心臓が跳ねた。

できるだけ顔に出さないように気をつけながら、彼の横を通り過ぎる。これだけのことで緊張するほど、いまだに意識してしまっていた。いつになったら、私はこの気持ちに決着がつけられるのだろう。

書道の先生から、以前書いた四字熟語が返却される。

私が書いたのは、佐木くんから教えてもらった桜梅桃李《おうばいとうり》だ。半紙の下の方に書かれた評価はAだった。嬉《うれ》しくて頰が緩む。

Aを貰《もら》えたよと話しかけたい。だけど、佐木くんにとっては、どうだっていいことかもしれない。

そんなことを考えていると、佐木くんが振り返った。驚きながらも、平静を装って声をかける。

「どうしたの？」

今が言うチャンスだろうか。先に彼の話を聞いてから、話せそうだったらにしよう。それに佐木くんは深刻そうな表情をしていて、なんとなくあまりよくない話題な気がした。

「本当にこれでいいのか？」

「えっと……どういうこと？」

なにかを確認するように言われたけれど、思い当たることがない。私が最後に佐木くんと話したのは、階段近くで声をかけられたときだ。

そういえば、あのときも佐木くんは今みたいな様子だった。だけどそのときのことを思い出そうとすると、記憶に靄《もや》がかかったみたいになって、軽く頭痛がする。

「今の西田を見てると、前よりも無理して笑ってるなって思う」

偽りだらけの私を見透かす真っ直ぐな瞳《ひとみ》。逃げ出したくなる衝動を抑えながら、私は息をのむ。そういえば、コンビニで会ったときも、無理をしているように見えると佐木くんに言われた。

普段は教室で会話をしていない佐木くんに、琉華ちゃんたちの前で作り笑顔をしていることを気づかれているのだから、他のクラスメイトたちにも、もしかしたら琉華ちゃんたち本人にも伝わってしまっているかもしれない。

「俺には、これが西田の望んだ未来だったとは思えない」

「望んだ未来……？」

「西田が本気で嫌ってたようには見えなかったから」

いまいちなにかが嚙《か》み合っていないような気がして、私は眉《まゆ》を寄せる。佐木くんが言っているのは、本当に琉華ちゃんたちとのことなのだろうか。

「秦野咲凜のこと」

大きな衝撃を与えられたように頭が痛む。そして脳裏に笑っている誰かが浮かぶけれど、顔がぼやけて思い出せない。

痛みに顔を歪《ゆが》ませながら、私は額に手を当てる。なにかがおかしい。

「もう一度聞く。本当にこれでいいのか？」

「ちょっと待って。よくわからないよ。秦野咲凜のことって……」

秦野咲凜は、少し前まで私たちのグループにいた子だ。だけど琉華ちゃんと合わなくて抜けた。ただそれだけ。別に私は彼女に対して、なんの感情も抱いていない。……でも、本当に？

脈を打つように一定のリズムで頭が痛み、考えることをやめてしまいたくなる。その方が楽だと本能的に感じた。だけど、今考えを放棄したら後悔をする気がする。

「西田と秦野は、入学してすぐに仲良くなってただろ」

そうだ。そのことは覚えている。たまたま席が近くて、声をかけられたのがきっかけだ。

記憶の中では、彼女と私の関係は悪いものではなかった。特別気が合うわけではないけれど、憧《あこが》れる部分もあったはず。

ふとプラスチック製のペンケースが目に留まる。落書きをされた消しゴムには、丸っこい字で〝亜胡〟と書いてある。この字は、私じゃない。

『亜胡すぐ落とすから！　これですぐ誰のかわかるでしょ』

無邪気に笑いながら消しゴムに油性ペンで私の名前を書いていたのは咲凜だ。そして、それを見て『勝手に書いちゃダメでしょ』と注意する琉華ちゃんと、笑っている萌菜。あのとき、私たちはいつも四人で一緒だった。

けれど、私たちの関係はあるときから壊れてしまった。

でもいくら考えても、彼女に対してなんの感情もわいてこない。ただグループを抜けた子というだけだ。そのことに違和感を覚える。

私はそういう性格じゃない。中学の頃だって、グループから抜けた子がいたら気になって、落ち着かなかった。

それなのにどうして私は秦野咲凜に対して、こんなにも無関心なのだろう。

「佐木くん、私……なんか変なのかな」

「俺が階段のところで言ったこと、覚えてる？」

「え……？」

あのとき、佐木くんが言っていたことを必死に思い出す。

たしか書道の時間に話していたことについてだった気がする。けれど、そのときのことを考えると頭の痛みが増していく。

「心が死ぬとどうなるのか」

「あ、そうだね。その話をしたっけ。それで……」

亡霊について話したはずだ。顔を上げると、佐木くんと視線が交わる。

そして記憶の中の佐木くんの姿と重なり、あのときの光景が蘇《よみがえ》ってきた。そうだ、あのとき佐木くんは彼女についての話をしていた。

「秦野咲凜は、亡霊になりかけてる」

「っ……な……に……」

亡霊になりかけてるって、なに？　どういうこと？　聞きたいのに、目眩《めまい》がして上《う》手《ま》く喋《しゃべ》れない。

「悪い、西田」

視界が霞《かす》み、意識が遠のいていく。完全に気を失う直前に聞こえたのは、間違いなく佐木くんの申し訳なさそうな声だった。


『ねえ、そのケースかわいいね』

私が秦野咲凜と初めて会話したのは、入学式の翌日。私のスマホケースを見て、咲凜が興味を持ったのが始まりだった。

中学の頃はメイク禁止だったため、周りには色つきリップを塗ったり、眉を整えている子くらいしかいなかった。そのため、咲凜のようなばっちりメイクをしていて、髪を染めている子に声をかけられたことに、最初はかなり戸惑った。

だけど、咲凜は気さくで感情が顔に出るためわかりやすくて、案外接しやすい。そして、話せば話すほど、今まで自分とは違う世界で生きてきた子だと思った。

恋愛に積極的で、SNSのフォロワーも五千人を超えている。メイクも慣れていて、髪を巻くのも上手。

『亜胡、きっとブラウンのマスカラ似合うよ』

咲凜は私の知らなかった世界を、手を差し伸べて教えてくれる。

気まぐれなところもあるけれど、好奇心旺盛《おうせい》で行動力のある咲凜に私は憧れを抱いていた。

そして、咲凜が萌菜に声をかけて、私たちはすぐに三人グループになった。三人で過ごしていると笑いが絶えなくて、学校に行くのが私は楽しみだった。

入学して二週間が経った頃、琉華ちゃんがグループに入った。

それから少しグループの雰囲気が変わって、中心は咲凜と琉華ちゃんになったのだ。楽しいけれど、どこか窮屈でふたりの気分によって話題や遊ぶ場所が変わる。そんなグループだった。

一緒に過ごしていた日々を忘れていたわけじゃない。咲凜のことは覚えている。だけど、どうしてか最近の私は彼女に対してだけ関心がなかった。

目を開けると、淡いオレンジ色のカーテンに囲われたベッドの上にいた。

ここがどこなのかぼんやりした頭で考えながら、上半身を起こしてカーテンを開ける。ベッドは左側にもひとつあり、今は空いていた。

上履きを履いてベッドから出ると、ティッシュやペン立てが置いてある小さな丸テーブルと、真っ白なキャビネットが目に留まる。

そして、部屋の奥には灰色のデスクでノートパソコンを開きながら、作業をしている女性がいた。

白衣を着ているので、保健の先生みたいだ。確信を持てないのは、高校に入って保健室へ行ったことがなく、私は先生の顔も名前も知らないからだ。

「目が覚めたのね」

私に気づいた先生が、立ち上がって近づいてくる。

「書道室で倒れて、運ばれてきたのよ。気分が悪かったりはしない?」

「書道室……」

佐木くんの顔が浮かび、そこから会話が脳内で再生されていく。

『本当にこれでいいのか?』

そうだ。佐木くんに、咲凜のことで声をかけられたんだ。そして、心が死ぬとどうなるのかという話をされた。

『秦野咲凜は、亡霊になりかけてる』

肌が粟立《あわだ》ち、身体がよろけそうになってしまう。

「大丈夫？」

亡霊になりかけてるって、どういうこと？　そもそも心が死ぬってなんなの？

困惑しながらも、ひとつだけ確かなのは、佐木くんと話をしなければならないということだ。

佐木くんが嘘をついているとは思わないけれど、亡霊についての話をすべて信じられるわけではない。だけど、違和感があったのは事実だ。咲凜のことを、忘れていたわけではないのに、どうでもいいと思っていた。それは気まずくなったからとか、そういう理由ではない。

道端ですれ違った相手のように、咲凜自体に対する関心が消滅していて、仲がよかった頃の思い出さえも、他人の出来事のように感じていたのだ。

「やっぱりもう少し休んでいく？　六時までなら、ここ開けておけるけど……」

「大丈夫です」

壁にかかった時計を見やると、すでに帰りのホームルームが終わっている時間だった。いつも佐木くんは早めに帰っていたから、もう教室にはいないかもしれない。だけど、どのみち鞄《かばん》を教室に置いたままなので、戻らないといけなかった。

心配そうに私に声をかけてくれる先生にお礼を告げて、急いで保健室を出た。

私が想像していたよりも、校内はひと気がない。もうほとんどの生徒が帰宅してしまったみたいだった。

階段を上っていくと、部活の掛け声が聞こえていた下の階よりも、四階は静まり返っている。掃除も終わって、居残りをしている生徒もいないみたいだ。きっと佐木くんも帰っているはず。

書道室で話していた件については、明日《あした》事情を聞いてみるしかない。だけど、本人からは話さない方がいいと言われているので、声をかけるべきではないのだろうか。

スカートに触れて、ポケットにスマホが入っていることを確認する。連絡先は、一応知っている。でも、中二のときにメッセージを送ったけれど、既読にすらならなかった。

また無視をされてしまうかもしれない。もしかしたらブロックされているのかも。そんなことを考えて、気持ちが沈んでいく。佐木くんにとって、私は鬱陶《うっとう》しい存在のままなのだろうか。

教室に入ると、室内は夕陽に染まっていて、電気が消されているのに明るく感じた。

そしてその中のひと席だけが埋まっている。私は目を見開いて、声をあげた。

「え……佐木くん？」

振り返った佐木くんが、読んでいた本を閉じる。いつも早く帰るはずの彼が、こんな時間まで残っているのは意外だった。

「西田の鞄、教室に置いたままだったから」

「あ、鞄見ていてくれたの？　ありがとう」

「それもあるけど。ここにいたら、西田と会えると思ったから」

別のタイミングだったら、佐木くんの言動に胸を高鳴らせていたはずだ。

けれど、今はなににについて彼が私と話をしたいのか察しがつく。

私もあのときの話を詳しく聞きたい。佐木くんはなにを知っていて、私の身になにが起きていたのか。

「先に謝りたい。無理に刺激するようなことを言って、ごめん。西田が倒れたのは俺のせいだ」

書道室で咲凜の話題を出したのは佐木くんで、意識が途切れる直前に謝られたことを覚えている。佐木くんは私に咲凜のことを、あえて考えさせようとしていて、倒れることも予想していたように感じた。

「……佐木くんはなにを知っているの？　亡霊ってなに？」

「俺が言っている亡霊っていうのは、本当の幽霊のことじゃない。周りから関心を持たれなくなってしまった人のこと」

いまいち話を摑《つか》みきれない。だけど、関心を持たれなくなったというのは、私にも自覚がある。咲凜のことで少し前まで悩んでいたのに、ここ数日は一切考えることがなかった。

「心が死にかけると、表情が抜け落ちて、周りからの関心が消える。まるで亡霊のようで、誰からも見向きもされない」

「でも……それって、本人だっておかしいって気づかない？　それに周りに声をかけたりしたら、関心を集めることだってできるよね」

「心が死ぬってことは、精神的ダメージを負っているから、本人は周りに話しかける気力すらない」

たしかに咲凜がグループを抜けてから、声をかけられた記憶がない。それにここ最近、琉華ちゃんや萌菜も咲凜の話題を出さなくなった。

「私や周りの人たちは、咲凜への関心がなくなっていたのに、どうして佐木くんは亡霊になりかけているって気づいたの？」

「黒い影が視えるから」

佐木くんは黒板の前に立つと、白いチョークを持って人の形を描く。そして青いチョークで胸のあたりをぐちゃぐちゃに塗りつぶしはじめた。

「精神的に負荷がかかっている人は、こんな感じで心臓のあたりを黒い影が覆いはじめる」

「その黒い影って……心の負荷を表してるってこと？」

「うん。ストレスが溜《た》まりつづけると、黒い影は範囲を広げていくんだ。最終的にはつま先から頭まですべて覆って、真っ黒な人間になる」

青いチョークで手足がぐるぐると塗りつぶされて、最後には顔まで塗られた。

「完全に心が死んだ人の中には、最終的には自分で命を絶つ人もいた」

黒い影を視たこともない私にとっては、漫画や映画の中の世界の話のようで、現実味がない。けれど、もしも咲凜が自ら命を絶つような選択をしたらと考えると、血の気が引いていく。

「今まで周りにそういう人がいたの……？」

少なくとも中学のときに、学校でそういう人はいなかったはずだ。

「駅や街中とか、いろんなところで黒い影に覆われた人たちを視てきたから。亡霊になったら必ず死ぬって断言はできないけど、そういう人もいたってことは言える」

いつも咲凜が座っている席を見やる。同じ教室にいたはずなのに、今日咲凜が登校していたのかすら思い出せない。

「秦野咲凜は、まだ顔までは覆われていない。でも表情は抜け落ちているし、危険な状態であることには変わりない。……こんな話、信じられないだろうけど」

その話を聞いて焦りを覚える。私の目に見えていないものを、受け入れるのは簡単なことではないけれど、佐木くんが嘘をついているとも思えない。彼はこんな冗談を言う人でもないし、実際に私は咲凜への関心を失っていた。

「……佐木くんの言うこと信じるよ。話してくれて、ありがとう。私にできることがあったら……」

我に返り、言葉が途中で詰まってしまう。咲凜を傷つけたのに、まるで自分は加害者ではないように、助けたいだなんて傲慢《ごうまん》だ。

「咲凜のことを外していたくせに、私って調子いいよね」

「善意なんて身勝手なものだろ。ただ、受け取る相手がどう思うか次第じゃない」

「けど……」

「じゃあ、西田はこのまま秦野をそっとしておきたい?」

佐木くんの問いに、私は首を横に振る。それは投げ出すのと同じだ。

グループの中の自分の居場所を守るために、私は今まで見て見ぬふりをしていた。こんなことやめようよなんて言ったところで、今度は自分の番になるんじゃないかって怖かった。結局私は、自分が一番かわいくて臆病《おくびょう》。

今咲凜を助けたいと思うのは、自分の中にある罪悪感を拭《ぬぐ》いたいだけだ。

「それに俺だって黒い影が視えるだけで、今まで誰も救えなかった」

精神的に追い詰められている人が見えていても、救うのは難しいと思う。それぞれ原因も痛みも違っていて、中には話したことすらない相手だっているはずだ。

「だから……食い止めたい」

佐木くんが背負う必要はないけれど、そんなこと彼自身もわかっている気がした。

「秦野を助けたい。西田の力が必要なんだ」

私は反射的にすぐに頷《うなず》いた。

「……私も。偽善だと言われたとしても咲凜のことを助けたい」

この気持ちに嘘はない。だけど、胸がざわつく。

黒い影が視えるから、佐木くんは咲凜を心配している。それはわかっている。でも、もしも別の意味があったら？　なんて考えてしまい、醜くて情けない感情を焦がしていく。こんなときに、嫉妬《しっと》をする自分に呆《あき》れてしまう。

「こんなこと急に頼んでごめん。でも、どうしても救いたい」

切なげに訴えかける目に、私は釘《くぎ》づけになった。それほどまでに佐木くんは本気で咲凜を助けたがっている。勘違いじゃなくて、本気で佐木くんは咲凜のことを好きなんだ。

「明日《あした》、咲凜と話してみるね」

西日が差し込んだ教室は、燃えるように暑い。どうかこの醜い感情を、佐木くんには悟られませんように。

# 三章　亡霊になる前に

翌朝、学校に登校すると私は真っ先に咲凜の席を確認した。まだ咲凜は来ていないようだった。落ち着かずに教室のドアのあたりを、何度も確認してしまう。

咲凜になんて声をかけよう。今更何事もなかったかのように挨拶《あいさつ》をしても、戸惑わせるだけかもしれない。その前にメッセージを送ってみた方がいいだろうか。そんなことを考えていると、琉華ちゃんが登校してきた。

「おはよ、亜胡」

「あ……おはよ～！」

ちらりとドアの方を見た私に気づいた琉華ちゃんが目を細める。

「なんかそわそわしてるけど、なにかあったの？」

「あのさ、その」

なんでもないと答えるか迷ったけれど、本当に私と同じようにみんなも咲凜への関心が消えているのかを確かめておきたい。だけど、空気が悪くなったらと思うと、聞くのが怖い。

言葉が詰まった私を見て、琉華ちゃんが「なに？」と苛立《いらだ》った様子で首を傾げる。

このままやっぱりなんでもないと言う方が反感を買いそうで、私はおずおずと言葉の続きを口にする。

「咲凜のことなんだけど……」

「咲凜？　あの子がどうしたの」

眉《まゆ》を寄せた琉華ちゃんは、咲凜の話題に苛立っているというよりもこめかみあたりを軽く押さえていて頭が痛そうに見える。

「まだ来てないなって思って」

「なんでそんなこと気にするの？　亜胡、今も仲よかったっけ」

本気でどうでもよさそうに答えた琉華ちゃんに、私は目を僅《わず》かに見開いたままごまかすように口角を上げた。

「ごめん、なんとなく気になっただけ」

「ふーん。そういえば、昨日バイトでね」

バイト先の好きな人の話をしている琉華ちゃんの表情は明るい。

咲凜の文句を言っていて、些細《ささい》なことで苛立っていたのは、約一週間前のことだ。

それなのに綺麗《きれい》さっぱり感情が消えていて、恐ろしくなっていく。

時間が解決をしたとか、グループから咲凜が抜けたからどうでもよくなったとか、そういう感じではない。咲凜への嫌悪が丸ごと消しゴムで消されたみたいな、妙な違和感だった。

「おはよ～！」

「やっと来た！　ねえ、萌菜聞いてよー！」

「え、なになに？　なんの話？」

登校してきた萌菜が輪に加わり、琉華ちゃんのバイト先の人との恋愛話を聞きながら、三人で盛り上がる。

最近上手《うま》くいっているみたいで、琉華ちゃんは幸せそうに見えた。萌菜も自分のことのようにはしゃいでいて、私も自然と頰が緩む。けれど、すぐに頭の中に咲凜が思い浮かんだ。

……咲凜が今、辛《つら》い思いをしているのに、私は笑っていていいのだろうか。

罪悪感に苛《さいな》まれて、頰のあたりが痛む。おもむろにドアの方を見ると、見覚えのある女子生徒の姿。私は目を疑った。

チョコレート色の長い髪の彼女は、紛れもなく咲凜だ。

でも、以前のようなメイクもしておらず、無表情だった。目も虚《うつ》ろで、どこを見ているのかわからない。

あれは本当に秦野咲凜なのだろうか。そう疑ってしまうほどの変貌《へんぼう》だった。

こんなにも変わってしまったのに、誰も咲凜のことを見ていなかった。クラスメイトと挨拶を交わすことなく、咲凜は自分の席につく。

血の気が引き、体が震え上がる。

佐木くんの言っていた亡霊の意味を、ようやく理解できた。

咲凜は誰からも見向きもされていない。間違いなく教室に存在しているけれど、背景のひとつのような扱いだった。

そういえば、咲凜に関する噂話を誰も口にしなくなっていた。

少し前までは、マッチングアプリで男遊びをしているとか、同じグループの人と揉《も》めて仲間はずれにされていると他クラスにまで噂が広まっていた。それによって、私たち三人は教室の居心地が悪かったはずなのに、嫌な視線も消えていて、琉華ちゃんも萌菜も楽しげに会話をしている。

「亜胡？」

突然口元を手で覆って固まった私を、琉華ちゃんと萌菜が不思議そうに見つめてくる。

「どうしたの？」

「ご、ごめん、ちょっと体調悪いから保健室行ってくるね！」

「ええ！　大丈夫？」

萌菜の言葉に返す余裕もなく、逃げるように私は教室から出た。行き先なんて思いつかない。だけど、教室にはいられなかった。

触れたら冷たいのではないかと想像してしまうほど、咲凜は生気がぬけ落ちていて、別人のようだった。仲がよかった頃の咲凜の笑顔を思い出して、涙が溢《あふ》れてくる。

どうして、咲凜の変化に今まで気づけなかったのだろう。

あそこまで追い詰めたのは、間違いなく私たちだ。それなのに今まで気づかずに、自分達だけ平和に過ごしていた。

息が苦しい。今、どこを歩いているのかわからない。視線を上げると、書道室のプレートが見えた。いつのまにか階段を下っていたみたいだ。

ドアが開いていたので、ふらつく足で中にはいる。

「待って、西田」

ドアを閉めようとしたところで、誰かの手がそれを止めた。顔を上げると、目の前には佐木くんがいた。どうして彼がここにいるのだろう。

「顔色悪いけど、大丈夫か？」

「……わからない。でも……教室にいたくなくて。こんなこと思う資格ないのに」

私は自分が犯した罪から逃げているだけだ。昨日佐木くんと咲凜を助けると約束をしたくせに、どうしたらいいのかすら思い浮かばなかった。

「ごめんね、佐木くん……私、こんな……っ」

脚の力が抜けて、崩れ落ちるように床に座り込む。震えが止まらなくなって、目が潤んでいく。

「西田、巻き込んでごめん」

「え……」

私の目の前にしゃがむと、佐木くんは申し訳なさそうに眉を下げた。

「俺が西田に亡霊のことを話して、自覚させたから。困らせるってわかってたのに。……本当にごめん」

震える私の手を佐木くんが包み込んでくる。

「佐木くんのせいじゃないよ」

佐木くんが亡霊のことを話してくれていなかったら、私は今も咲凜の異変に気づかないままだった。それに咲凜を傷つけて、あんなふうにしてしまったことが問題だ。

「私、どうしたらいいんだろう」

自分で考えることを投げ出して、佐木くんを頼ろうとするなんて最低だ。けれど、咲凜をもとに戻す方法がないのか縋《すが》るように佐木くんを見つめてしまう。

「俺にも正解はわからない。でも根気良く話していたら、秦野の黒い影が少しは消えるかもしれない」

「そうだよね。……やってみないと」

このまま戸惑っていたら、なにもできない。まずは咲凜に声をかけてみるしかない。

「西田、無理はしないでほしい」

「大丈夫。無理なんてしてないよ」

これ以上醜態を晒《さら》したくなくて、笑って見せる。頬がまた痛むけれど、気づかれたくない。

「笑わなくていいから」

佐木くんが本気で私のことを心配してくれているような気がして、口角が少しずつ下がっていく。すると、頬の痛みが不思議と引いていった。

「昨日の俺の言い方が悪かった。西田ひとりに背負ってほしいわけじゃない。なにかあれば、俺に相談してほしい」

「え……相談？」

「できる限り、俺も秦野を助ける力になりたいから」

突然の提案に驚きながらも、私は佐木くんと定期的に話をする約束を交わした。

それから佐木くんには先に戻ってもらい、私は朝のホームルームが終わったタイミングを見計らって、教室に戻った。先生には萌菜から伝えてくれたようで、欠席していたことを特に咎《とが》められることはなく、安堵《あんど》する。

「体調、大丈夫？　突然、教室出ていったからびっくりしたよ～」

「ごめんね。先生に伝えてくれて、ありがとう」

私のことを心配してくれている萌菜に笑いかける。けれど、琉華ちゃんの目が冷たい気がして、居心地が悪い。琉華ちゃんの話を聞かずに、教室を飛び出してしまったせいかもしれない。

「早退した方がいいんじゃない？」

そんな一言すら、棘《とげ》がある気がして目を逸《そ》らしてしまう。

「もうなんともないから平気だよ」

「一日くらいサボってもいいと思うけど。帰ったら？」

大丈夫だと伝えても、会話が平行線になってしまいそうで、口角を上げたまま言葉が出てこない。

心配というよりも、そっけなくされているように受け取ってしまう。でも元々琉華ちゃんは私に当たりがキツかったし、考えすぎかもしれない。

「あ、そうだ！　こないだ琉華がオススメしてくれたアプリなんだけどさ～」

萌菜が話題を逸らしてくれて、胸を撫《な》で下ろす。些細《ささい》な会話の棘が痛い。けれど、咲凜の辛《つら》さはこんなものではなかったはずだ。

席に座っている咲凜の後ろ姿を見つめながら、手をきつく握りしめる。

「ねえ、亜胡もこれやってみない？」

萌菜のスマホには、白地に黄色のリボンマークのアイコンが映し出されている。

「どんなアプリ？」

「フレンズマッチングっていう気の合う友達を作るアプリだよ。結構いい出会いもあるんだってさ～！　琉華にすすめてもらったんだ」

萌菜がスマホ画面を見ながら、使い方の説明をしてくれる。性別関係なく友達を作るのが目的らしく、先週リリースされたばかりだそうだ。

「あ、マッチングした～！」

リボンのマークが画面の上部に浮かび上がると、マッチングしたという意味みたいだ。

「わ、めちゃくちゃこの人かっこいい！」

「うそ、どんな顔？　見せて見せて」

琉華ちゃんが萌菜の画面を覗《のぞ》き込む。

「えー！　本当だ！　いいじゃん。通話してみたら？」

盛り上がっているふたりの会話に、私は入っていけずにいた。

マッチングアプリを使って色々な人と出会っていた咲凛のことを、裏で悪く言っていたのに、自分達もこうしてマッチングアプリにハマっている。悪いことではないけれど、それでも複雑な心境だった。

「ねえ、亜胡もダウンロードしてみなよ！」

テンションの上がった琉華ちゃんが、私のスマホを手に取ると差し出してくる。

「え、でも私そういうの多分向いてないと思うし……」

「一度くらいやってみなって！」

「そうだよ！　一緒に出会い探そ！」

今まではやんわりとかわしてきたけれど、今回はそうはいかない空気だった。

「このアプリだよ。検索してみて！」

「……うん」

気が進まないものの、圧に負けて私は頷《うなず》く。ダウンロードだけしておいて、動かさないでおこう。

琉華ちゃんと萌菜の説明を聞きながら、アプリの検索をかける。ダウンロードをし終わると、アプリが開かれてユーザー名や生年月日、趣味などを入力する画面が表示された。

私のスマホをふたりが覗き込んでいるため、ここで終わりにするわけにもいかず、情報を入力していく。

「このマークタップして！」

リボン形のマッチングというマークをタップするように言われて、動きを止める。

これを押したら、知らない人とマッチングしてしまう。

なかなか押さない私に痺《しび》れを切らしたのか、萌菜がリボンのマークを押した。

驚きで声をあげる間もないまま、画面に表示されているマッチング中という言葉を呆然《ぼうぜん》と見つめる。

「ごめん、押しちゃった！」

萌菜が笑いながら手を合わせる。どうして勝手に押したのと言ったら、この場が凍ってしまいそうで、言葉を呑《の》み込みながら私は苦笑する。

画面が切り替わり、五つのアイコンが一覧で表示された。

「ええ、すごい！　五人とマッチングしてるじゃん！」

「このアイコン、大学生っぽくない？　この人にしなよ」

画面に琉華ちゃんの指が近づいてくる。相手のアイコンに触れると、ハートマークがついた。

「え……」

「お気に入りの人は、こうしてハートマークつけるんだって！」

「そう、なんだ」

琉華ちゃんは悪気がなさそうで、相手の人に興味津々だった。けれど、私の意思を聞かずに、アプリをいじられたことにモヤモヤする。

「席につきなさい」

先生が教室に入ってきて、席に着くようにと促される。私はすぐにスマホをブレザーのポケットにしまって、自分の席に座る。

助かった。あのままマッチングしたユーザーにメッセージを送るように言われていたら、やりとりをしなければいけなくなるところだった。アイコンをタップされていたら、個人のやり取りが始まっていたかもしれない。

ポケット越しにスマホを触りながら、私はため息をつく。異物をスマホに入れているような不快感が消えない。

昼休みになると、咲凜は鞄《かばん》を持って教室から出て行った。追いかけようとしたところで、萌菜に声をかけられて呼び止められる。

「亜胡、どうしたの？　ご飯食べよ」

「……うん」

私は追いかけることを一旦《いったん》諦《あきら》めることにした。鞄の中に入れていたコンビニの袋を手に取って、琉華ちゃんの席に向かう。

先に食べてと言って、咲凜を追うべきだったかもしれない。だけど、それすら言う勇気が出なかった。

　空いている近くの椅子を借りて、私たちは三人でひとつの席を囲むように座る。

「さっきの人から、メッセージ届いた？」

　琉華ちゃんの質問に、私はパンの袋を開けようとした手を止めた。

「ううん、まだ届いてないよ」

　笑みで嘘を隠しながら、これ以上は探られないことを願う。

　ポケットの中のスマホが振動している。またあの人かもしれない。

　本当はマッチングした人からメッセージが届いていた。けれど、アプリを開く気になれず、通知だけがどんどん溜《た》まっていく。アプリをアンインストールしたいけれど、消してしまえば反感を買う。こんな流行、早くなくなればいいのに。

「えー、せっかくマッチングしたのにね」

　琉華ちゃんはつまらなそうにしながら、おにぎりを食べはじめる。嘘がバレなかったことに安堵する。

　最近特に私は琉華ちゃんの顔色ばかりをうかがっていた。きっと次仲間はずれにされるとしたら、私だ。だから、このグループで一番力がある琉華ちゃんの一挙一動に過剰に反応してしまう。

「萌菜は、マッチングした人とどうなった？」

「ずっとやりとりしてるよ～！　夜、通話しよって話になった！」

「えー！　いい感じじゃん！　ね、亜胡」

再び琉華ちゃんの視線が私に向く。「そうだね」と口角を上げて頷いた。早く、昼休みが終わってほしい。マッチングアプリの話題をこれ以上広げられたくない。

「亜胡もさ、萌菜くらい積極的になった方がいいって。受け身すぎない？」

「まあ、亜胡はあんまり出会いとか興味なさそうだもんね」

「好きな人とかいたことある？」

言葉に棘《とげ》がある気がして、口元が引き攣《つ》りそうになった。けれど、顔に出すわけにはいかない。

教室に佐木くんがいないのを確認してから、軽い口調で答える。

「あるよ～」

「いつ？」

「えっと、中一のときかな！」

「え、中一？　前すぎない？　ウケるんだけど！」

琉華ちゃんのツボに入ったらしく、手を叩《たた》いて笑われた。

「ちょっと、琉華笑いすぎ！」

注意をした萌菜の口角も上がっている。私も笑わなくちゃ。無理して笑みを浮かべようとするけれど、頬が痛くて動かない。嫌な顔をしたら、空気が悪くなってしまう。

だけど、中一以来好きな人ができていないのが、そんなにおかしいことなの？

ちらりと私を見た萌菜が、「そういえばさ！」と話題を変える。

「亜胡、今日はコロッケパンなんだ～！」

私の反応を見て、触れない方がいいと思ったのかもしれない。気を遣わせたことは申し訳ないけれど、違う話題になってほっとした。

「うん、たまには惣菜《そうざい》系食べたいなって思って」

「美味《おい》しそうだね！　私も明日《あした》はパンにしようかなぁ」

「萌菜のお弁当も美味しそう」

卵焼きや唐揚げ、ベーコンで巻かれたアスパラ、おかずごとにレタスで仕切りをしていて、色鮮やかで手の込んだお弁当だ。

「最近唐揚げばっかりで飽きちゃったんだよね～。うちの親、一度美味しいって言ったらそればっかりいれるの」

お昼ご飯のことや午後の授業のことなど、たわいのない話をしていると、スマホをいじっていた琉華ちゃんが立ち上がった。

「私、ちょっと隣のクラスの友達のところ行ってくる」

萌菜とふたりきりになると、無言の時間が流れる。横目で萌菜の様子をうかがうと、目が合った。

「亜胡、体調はもう大丈夫？」

「うん。平気だよ」

「そっかぁ。ならよかったね」

会話がいまいち盛り上がらないまま、残りのパンを口の中に放り込む。水分が一気に奪われて飲み込みにくくなり、お茶を手に取る。すると、萌菜のスマホに通知が届いた。

「あ、私もちょっと用事できたから、少し外すね～」

足早に萌菜が教室を出ていく。ひとり残された私は、お茶を口の中に含んでパンを流し込む。けれど違和感が消えなくて、もう一度お茶を飲んだ。喉《のど》のあたりに塊があるような息苦しさが何故か消えない。

教室を見回すと、クラスメイトたちはグループで固まってご飯を食べている。ひとりぼっちなのは、私だけだった。

そのことを自覚すると、急に自分が惨めで恥ずかしい存在な気がしてしまう。慌ててパンのゴミとお茶の入ったペットボトルを片づけて、廊下に出る。

行く当てもなく歩きはじめると、隣のクラスに琉華ちゃんの姿が見えた。

「え……」

隣には萌菜もいる。それを見た瞬間、逃げるように私は廊下を突き進んでいく。

萌菜にメッセージを送ったのは琉華ちゃんで、萌菜は呼び出されたのだろう。

咲凜を仲間はずれにしていた時点で、いつか私の番も回ってくる可能性があることはわかっていた。頭では冷静にそんなことを考えることができても、心はついていかない。

酷《ひど》い言葉を浴びせられたわけでも、無視をされたわけでもない。だけどグループにいた人だからこそわかる疎外感。

虚《むな》しくて、存在価値すらないように思えて、消えてしまいたくなる。

こんな話を誰かにしたら、大袈裟《おおげさ》だと呆《あき》れられるだろうか。ひとりになるのが嫌なら、自分から話しかけにいけばいいのかもしれない。だけど、声をかけて微妙な空気が流れたら？　私と一緒にいたくなくて、琉華ちゃんは教室を出た可能性もある。

一度考えはじめると、マイナスな思考が止まらない。

表面上は親しげに見えても、内心は相手に不満を抱えていることだってあると、咲凜の件で痛感したばかりだ。

嫌な予感がして、SNSをチェックすると琉華ちゃんの最新の投稿を見つけた。

【ノリが合わなくてキツイ～】

その投稿に誰かからメッセージがついていて、やり取りをしているのが見えた。

【またあの子？】

【そう。今度は純粋アピール】

【ウケる。うち今、教室いるよ〜】

【今行く〜。話聞いて】

時間を見たら、ちょうど三人でお昼ご飯を食べていたときだ。私だけ取り残されたことを考えれば、誰について書いているのか理解できる。

……私の番がきたんだ。

心がずしりと重たくなって、ため息が漏れる。露骨に無視をされたわけではないけれど、グループの中での居場所がなくなっていくのを感じる。

ひとりになりたくて思いついたのは、非常階段だった。室内にいると息が詰まるので、外なら気分転換にもなるはず。空き教室の前を通過していくと、見えてきたのはアイボリーの扉。銀色のドアノブを右側に捻《ひね》り、重量のある扉を押した。

扉の隙間から吹き抜けた爽《さわ》やかな風が、肩にかかった私の髪を揺らす。柔らかな日差しが差し込んだ非常階段に一歩足を踏み出すと、心が安らいでいく。

階段の下の方から物音がして視線を向けると、そこにはひとりの女子生徒がいた。

あの後ろ姿には見覚えがある。

「……咲凜？」

彼女は振り返らない。黙々とご飯を食べている。

「咲凜だよね？」

確認するようにもう一度名前を呼ぶと、ゆっくりと女子生徒が振り返った。

向けられた虚《うつ》ろな瞳《ひとみ》に、私は息を呑《の》んだ。私を見ているのに、見ていないような錯覚を起こしてしまう。

声をかけたものの、話す内容が思い浮かばない。

「あの……」

メイクをしていないので、咲凜の肌が青白く見える。以前は軽く巻いていた前髪も、今はなにもしていないからか、目にかかっていた。

「なに」

今にも消えてしまいそうなほど、細い声だった。

答えられずにいると、咲凜は前を向いてしまう。ただ呆然《ぼうぜん》と立ち尽くしながら、食べたおにぎりのゴミを片づけている彼女の姿を眺めることしかできない。

今まで私は咲凜への関心を失っていた。都合よく自分達がしたことについて考えを放棄して、平穏に過ごしていたのだ。けれど、咲凜は？

周りが自分に興味を失っていったとしても、仲間はずれにされた痛みは記憶の片隅に追いやられることなく、今もずっと苦しんでいるかもしれない。

加害者側に立っていた私に、一体なにができるのだろう。

「あのね、私……」

咲凜が立ち上がり、階段を上りはじめる。一歩、また一歩と咲凜との距離が縮まり、私は後ずさる。

なにか言われるかもしれないと覚悟したけれど、咲凜はこちらを一切見ることなく、ドアノブに手をかける。

完全に亡霊になってしまう前に助けると決意したのに、私はなにもできていない。追いかけようとしたところで、咲凜が振り返る。冷たく見透かすような瞳が私に向けられた。

「私と話さない方がいいよ」

覇気のない声だったけれど、私の耳にはしっかりと届いた。扉が静かに閉まり、その場に座り込む。

私の狡《ずる》さを咲凜は知っている。曖昧《あいまい》な態度をとって、笑顔の仮面をつけて、周りに合わせながら生きていた。

咲凜を助けたいと思いながら、自分の立場の心配をしていた。

もしも咲凜と一緒にいるところを、琉華ちゃんと萌菜に見られたらどうしよう。今は関心がなくても、私のようにもう一度咲凜を認識しはじめるかもしれない。そんな考えが一瞬でも頭に過《よ》ぎってしまったのだ。

結局私は、自分を守ろうとしてばかりだった。

予鈴ギリギリに教室へ戻ると、私の机の上に折り畳まれた小さな紙が置いてあった。開いてみると、そこにはきれいな字で、ＩＤと「あとで連絡して。佐木」と書かれている。

咲凜の件で連絡を取り合うために教えてくれたみたいだ。早速メッセージアプリを開いて検索をかけると、初めて見るアカウントだった。

私がずっと持っていた佐木くんのアカウントは古いものだったことや、私の連絡先を消していたのだろうなと考えると気分が沈んでいく。

だけど、私たちの関係なんて中一の頃に仲がよかっただけ。それを私は引きずりすぎているのだ。気持ちを切り替えるために、私は先ほどのことを思い返しながら、メッセージを打っていく。

【西田です。咲凜に話しかけたけど失敗したからタイミングを見て、もう一度話しかけてみるね】

すぐに既読になり、佐木くんから返事が来た。

【多分最初は話しかけても反応が薄いと思う。だからそっけなくされても、あまり気にしなくていい】

落ち込んでいると思われているのかもしれない。励まされている気がして、私は【そうだね。また声かけてみるね！】となるべく明るく返した。

【ありがとう。秦野の件でまたなにかあったら、連絡して】

咲凜が完全に黒い影に覆われてしまう前に、元に戻さないといけない。けれど、どうしたら黒い影を少しでも消すことができるのだろう。

佐木くんは根気よく話したら少しは消えるかもしれないと言っていたけれど、それだけではダメな気がする。

咲凜を覆いはじめた黒い影は、精神的なものからきた心の闇。それを消すには、根本的な問題と向き合わないといけないように思える。

その根本的な問題は、私たちだ。だけど、咲凜を仲間はずれにして傷つけたことを、解決なんてできるのだろうか。

心の傷はなかったことにはできないし、元通り四人で仲よくなんて難しい。

結局この日は、ぐるぐると頭の中で答えのでないことを考えて、放課後を迎えてしまった。

帰り支度をしていると、琉華ちゃんと萌菜が私の席まで近づいてくる。

「亜胡〜、今日どっか寄って帰る〜？」

あんなことがあっても、ふたりは平然としている。むしろふたりにとっては、私だけ置いて行くことは、大したことではないのかもしれない。

SNSで悪口を言っていても、こうして誘ってくれるのは私を嫌っているわけではないのか琉華ちゃんの心が読めなくて、不安になる。

「いつものファミレスでよくない？」

「だね。じゃ、行こ！」

私が行くと答えなくても、話が進んでいってしまう。だけど、私は行かないと口にできなかった。席を立って鞄《かばん》を手に取ると、少し離れた位置からこちらを見ている存在に気づいた。

なにか言いたげな眼差《まなざ》しで、咲凜が私たちを見ている。

時が止まったように、私は動けなくなった。

「亜胡〜！」

萌菜に呼ばれて一度振り返ってから「はーい」と答える。視線を戻すと、咲凜はすでにこちらを見ておらず、教室を出て行くところだった。

彼女はなにを思っていたのだろう。咲凜のことを傷つけてまで一緒にいる私たちのことを、軽蔑《けいべつ》しているのかもしれない。

ファミレスに着くと、私たち三人はソファ席に通された。目の前には琉華ちゃんと萌菜が座っていて、ふたりは私の知らない話題で盛り上がっている。

「友理《ゆり》の言ってたこと本当だったんだね〜」

「私、てっきり嘘だと思ってた！」

なんの話？　とも聞きにくくて、私はストローが入っていた袋をいじりながら、口角を上げたまま黙っていることしかできない。

「そういえば、三組の子たちと今度その件で遊ぶんだけどさ、萌菜も来なよ」

「行く行く！　友理の話、聞きたい！」

琉華ちゃんは私のことをまったく見ようとしていない。なにか思うことがあって、避けているように感じた。けれど、私には心当たりもないし、気にしすぎて無言になってしまうと、ますます空気が悪くなる。

もっと話題に自分から入っていくべきなのかもしれない。だけど、いざ話題に入ろうとすると頭が真っ白になる。

私って普段どう喋《しゃべ》っていた？　相槌《あいづち》の声すら出てこない。

必死に言葉を探すものの上手《うま》く思い浮かばなかった。

最初は美味《おい》しいと感じていたファミレスで飲むメロンソーダも、今は味が薄くて不《ま》味《ず》く思えた。私、ここでなにしているんだろう。私って、必要なのかな。

空気のようで、ここにいても無意味に感じる。だけど、ひとりで先に帰るという選択をすることもできない。ここで帰ってしまえば、きっと感じが悪いとか陰口を言われる気がする。

「私、トイレ行ってくるね」

琉華ちゃんが席を立つと、萌菜とふたりきりになった。

なにか話題を振るべきか考えながら、手元を見つめる。だけど、帰りたい気持ちが大きくて、場を繋《つな》ぐ言葉が出てこない。

「最近さ」

沈黙を破ったのは、萌菜だった。

「琉華と気まずい？」

「え？」

「なんか見てそうなのかなぁって。避けてるっていうかさ」

私からしてみると、琉華ちゃんが私に対してなにか不満を抱いていると思っていた。けれど、萌菜から見たら、私が琉華ちゃんを避けているように見えるのだろうか。

「でもまあ……亜胡と琉華って、元々ふたりで行動することもなかったもんね」

萌菜の言うとおり、琉華ちゃんと私は誰かが振った話題を通して会話をするくらいだった。親しく見えて、実際はお互いのことなんてほとんど知らない。

今まで当たり障りのない関係だったけれど、特に今日の琉華ちゃんは私に対して不満を抱いているように感じる。

「……私、琉華ちゃんになにかしたのかな」

私の発言に萌菜は目を丸くして、首を傾げる。

「どうだろ？　私にはよくわからないけど……」

はぐらかされたのか、それとも本当に知らないのか。探るように私は萌菜を見つめる。目が合うと、萌菜は笑いかけてきた。

「琉華って気まぐれなところあるよね～。自分中心じゃないと嫌がるというか」

ここで頷《うなず》いてしまったら、後で琉華ちゃんにどう伝わるかわからない。萌菜はトイレの方向をちらりと見てから、声を潜める。

「亜胡もさ、気にしない方がいいよ～。また琉華の気まぐれが始まったくらいに思った方がいいと思う。適当に合わせて、流すのが一番だって」

私は貼り付けたような笑みを浮かべて、否定も肯定もできなかった。

琉華ちゃんの顔色をうかがいながら、そっけなくされてもよくあることだと呑《の》み込む。

そんな日々は、いつまで続くのだろう。

だけど、このグループから抜けたら私にはなにが残る？

教室でひとりぼっちになったら、誰とも会話せずただの空気になってしまう。まだこのクラスで過ごす時間は半年以上ある。ひとりぼっちになって耐えられる気がしない。

「ずっと言えなかったんだけどさ、琉華しょっちゅう亜胡の文句言ってるんだよね」

「え……」

「あ、でもね、深い意味はないと思うんだ。琉華って、すぐ思ったこと口に出しちゃうっていうか……。亜胡と考えが違うから、色々気になっちゃうのかも」

SNSのことは、私のことだろうなと察してはいたけれど、いざこうして聞いてしまうと心が抉《えぐ》られるように痛い。

「ごめんね。私もなるべく止めたいとは思ってるんだけど……」

「ううん。……難しいのはわかってるから」

私が萌菜の立場なら、やめようよなんて声をあげることはできない。咲凜のときだって、なにもできなかったんだから。

「亜胡、なにかあったら、私に話してね？　いつでも話聞くからさ」

グループ内で、いつも萌菜はこうして気にかけてくれる。私にとって一番話がしやすい。

「萌菜もなにかあったら、話してね」

だけど、萌菜の本心はどこにあるんだろう。優しくて、気遣ってくれる萌菜は、聞き役なことが多い。

それに咲凜の文句を言っていたときも、本気で嫌っているようには見えなかった。ただ琉華ちゃんに合わせて、些細《ささい》な不満をかき集めて敵視しているようだった。

萌菜のことが好きだし、これからも仲よくしていたいけれど、時折見えない分厚い透明な壁を感じて怖くなる。萌菜は私たちのことをどう思っているんだろう。


翌朝、目が覚めると体がだるくて、疲れが取れていないような気がした。深いため息をついて、ハンガーにかけていたワイシャツを掴《つか》む。

制服を着るのが憂鬱《ゆううつ》だ。入学したばかりの頃は楽しかったけれど、今はただ自分の居場所をどうしたら守れるかということばかり考えている。

琉華ちゃんと少し気まずいだけで、こんなにも気分が落ちるのに、咲凜は教室でひとりぼっちになったとき、どれほどの孤独を抱えていたのだろう。

制服に着替えて、洗面所へ向かうと洗面台の棚の上に置いてある透き通ったピンク色の小さなボトルが目に留まった。

コットンキャンディの甘い香りがするヘアオイルで、以前咲凜がくれたものだ。ミントグリーンのキャップを外して、ヘアオイルを手のひらにほんの数滴垂らす。毛先に馴染《なじ》ませていると、甘い香りと共に思い出が蘇《よみがえ》ってきた。

それは、入学して一週間が経った頃のことだった。

『これ、亜胡にあげる』

新品のヘアオイルを、咲凜が私の机の上に置いた。

『え？　私に？』

『匂い好きって言ってたでしょ？』

突然のことに戸惑いながら、私は慌てて鞄《かばん》から財布を取り出す。

『いくらだった？　お金払うよ！』

『いいのいいの。だって、亜胡の誕生日入学式前だから、あげられなかったしさ』

今までヘアオイルなんて、私は一度も買ったことがなかった。中学の頃は、こういう香りがするものは学校で禁止されていたのだ。

ちょっとだけ大人になったような気分。ピンク色の小さなボトルを大事に握りしめて、私は微笑む。

『ありがとう』

お礼を言うと、咲凜は『お揃いだね！』とニッと歯を見せて笑った。

あの頃の私たちは、まだ出会って間もなかったけれど、笑顔は偽りなんかじゃなかった。

視線を上げると、鏡には青白い顔をした自分が映っている。その姿に昨日見た生気のない咲凜が重なった。

私は咲凜になにもされていない。それなのにどうして、見捨てるようなことをしてしまったんだろう。

咲凜の無邪気な笑顔が頭から消えない。胸になにかが詰まったように苦しくて、耐えるように頬の内側を嚙《か》む。

佐木くんの前ではいい人ぶって、咲凜を助けようとしているけれど、自分はどうしたらよかったのか、それればかり考えて逃げつづけていた。

正解なんてわからない。でも私の中で答えはとっくに出ていた。

あのとき、咲凜の下に行って、声をかけるべきだった。それなのに琉華ちゃんや萌菜の目を気にして、理由もなく流されて、咲凜が辛《つら》そうにしているのを見て見ぬふりをしていた。そんな私の自己防衛が、咲凜の心をナイフで刺したんだ。

その日の昼休み。私は琉華ちゃんと萌菜よりも早くご飯を食べ終わった。

いつもならふたりに合わせるようにゆっくり食べて、席を自分から立ったりはしない。だけど今日は、パンの袋をすぐに片づけて、タイミングを見計らう。

「そういえばさ、亜胡」

琉華ちゃんに名前を呼ばれて、びくりと肩を震わせる。

「マッチングした人とは、どうなったの？」

「え……あ、少し話しただけで終わったよ」

笑みを浮かべながら答えると、萌菜が目を見開いて「もったいない！」と声をあげた。

「一度くらい会ってみたらいいのに～！」

へらへらとしながら、私はなるべく当たり障りない言葉を返していく。

「こういうのあんまり得意じゃなくて。萌菜はすぐ仲よくなってすごいよね」

「えー、そんなことないって。たまたま趣味が合っただけだよ」

「てか、萌菜はあのあとどうなの？」

萌菜のマッチングした相手に話題が移り、ホッとする。本当はダウンロードしたあとからアプリを開いていないし、ボタンを押されてマッチングした相手にも、なにも返していなかった。

「今ね、こんな感じでやり取りしてるんだけど、これって脈アリかな～」

萌菜の画面を見せてもらって、琉華ちゃんが興奮気味に私の腕を掴む。

「えー！　いい感じじゃん！　ね、亜胡！」

「うん、電話したいって向こうから言ってきてるし、萌菜のこと気になってるんじゃないかな」

気まずさが消えたわけではないけれど、こうして話していると違和感はなくて、いつもみたいに笑えた。

今なら話を切り出すチャンスかもしれない。

「あ、飲み物なくなっちゃった。食べ終わったら、自販機行かない？」

「いいよ～」

琉華ちゃんと萌菜を見つめながら、私は微《かす》かに震える唇を動かす。

「私……昼休み、ちょっと用事があって」

たったこれだけを言うことに、心臓が破裂するんじゃないかというほど鼓動が大きくなっていた。

もしもなんの用事かと聞かれたら、他クラスの子と話しに行くとか先生に呼ばれたと話せば納得してもらえるだろうか。そんなことを考えていたけれど、返ってきたのは、想像とは違った言葉だった。

「あ、そうなんだ？　じゃ、うちらふたりで自販機行くね」

「じゃあ亜胡、またあとでね～」

萌菜は片手をひらひらと振りながら、お弁当のおかずを食べている。琉華ちゃんも軽く手を振ってから、スマホをいじりはじめた。

私は教室の隅のゴミ箱にパンの袋を捨ててから、廊下に出る。

想像よりも簡単に教室から抜け出せたことに安堵《あんど》した。今までグループに引かれた線からはみ出てしまうことが、怖くてたまらなかった。

けれど私が思っていたよりも、ふたりは私の言動を気にしていない。そう思うと、虚《むな》しさも胸に広がっていく。

ブレザーのポケットに入れていたスマホが振動した。ショップのお知らせとかだろうか。そう思いながら、画面を確認する。

【体調、あんまりよくなさそうだったけど、平気？】

差出人は、佐木くんだった。考え事をしていたから、具合が悪そうに見えていたのかもしれない。

【心配ありがとう。大丈夫だよ】

すぐに返事をして、再びスマホをブレザーのポケットにしまう。気がついたら、非常階段の前までたどり着いていた。

今日も咲凜がいるかはわからない。だけど、もしもいたとしたら今度こそちゃんと謝りたい。

意を決してドアノブに手を伸ばす。もう逃げたくない。開けないと。頭では考えているのに、体が思うように動かない。

一度手を離してから、気持ちを落ち着かせるために深呼吸をする。俯《うつむ》きかけた顔を上げると、髪から甘い香りがした。

お揃いの香りに少しだけ勇気をもらって、ドアノブを握り、ゆっくりと力をかけて押していく。

非常階段に出ると、風に揺れる葉の音がした。顔にかかる髪を手で押さえて耳にかけると、右側にひと気を感じて振り向く。

階段に座っている後ろ姿を見つけて、私は動けなくなる。それと同時に、扉が閉まる音が響いた。音は聞こえているはずなのに、咲凜は振り返らない。

声をかけなくちゃ。だけど、この期に及んで怖気《おじけ》づいてしまう。

何度も頭の中で咲凜に声をかけるシミュレーションをしたはずなのに、なにひとつ思い出せない。

でもこのまま背中を見ているわけにもいかず、私は一段、また一段と階段を下りて彼女に近づいていく。

「……咲凜」

目の前まで回り込むと、サンドイッチを食べていた咲凜が顔を上げる。

「話したいことがあるの」

感情が読めない虚《うつ》ろな目に、怯《ひる》みそうになった。今の咲凜に私の言葉が届くかわからないけれど、それでも届くまで声をかけるしかない。

「謝ってすむ問題じゃないけど、ごめんなさい！」

反応はなく、無言の時間が数秒流れる。

「咲凜のこと、傷つけてるってわかっていたのに、見て見ぬふりをしてた。仲間はずれにして、ごめんなさい」

一方的な謝罪をしたところで、意味なんてないのかもしれない。だけど、どうしても伝えたかった気持ちを必死に言葉にする。それしか今の自分にできることが思い浮かばなかった。

私から視線を外した咲凜は、眉《まゆ》を寄せてため息を漏らした。

「……話さない方がいいって言ったよね」

佐木くんの話だと、亡霊になってしまう人は表情が抜け落ちると言っていた。けれど、今の咲凜は無表情ではなく、私に呆《あき》れているように見える。こうして変化が見えたということは、まだ食い止められるかもしれない。

「あんなことしたのに調子いいと思われるかもしれないけど……咲凜が嫌じゃなかったら、私はもう一度話したい」

今更迷惑だと拒絶されるかもしれない。震える手をキツく握りしめながら、咲凜の言葉を待った。

「私は別に亜胡のこと恨んでないよ。だから気にしないで」

咲凜の声音は柔らかく、むしろ私を気にしてくれているみたいだった。張りつめていた糸が切れて、脚の力が抜けていく。座り込むと、私は両手で顔を覆った。

「泣かないでよ」

「っ、ごめん。ごめんなさい」

私が泣いていい立場じゃない。泣きたいのは咲凜の方だ。だけど、一度溢《あふ》れた涙は止まってくれない。眩《まぶ》しいほど自信に溢れていて明るかった彼女を、私たちはここまで弱るほど追い込んでしまったのだ。

咲凜は私の背中に手を回して、とんとんと優しく撫《な》でてくれる。

「亜胡……もしかして、私があげたヘアオイルつけてる？」

頰を伝う涙を手の甲で拭《ぬぐ》い、頷《うなず》く。咲凜とお揃いの甘いコットンキャンディの香りが、今も私の毛先からしている。

「……お守りがわりに今朝つけたんだ」

「お守り？」

「咲凜に声をかける勇気を出したくて、それで……」

「そっか」

ふわりと風が吹くと、咲凜のチョコレート色の長い髪が靡《なび》く。私と同じ甘い香りはしなかった。けれど、咲凜の鼻頭はほんのりと赤くなっていて、目には涙の膜が張っている。

「亜胡は自分の好きに行動していいんだよ」

「え……」

「さっきも言ったけど、私は亜胡のことは恨んでないよ」

昼休みの終わりを報《しら》せるチャイムが鳴り響く。

「先に戻るね」

立ち上がった咲凜は、セットのされていないストレートの髪を耳にかけた。そして、しゃがみこんでいる私を見下ろして微笑む。

「声をかけてくれて、ありがとう」

咲凜が階段を上がるたびに、上履きの底が踏板と当たる音が虚しく響いて、距離ができていく。

待ってと引き留めたくても、声が出ない。

自分の好きに行動していい。咲凜はそう言ってくれたけれど、私はどうしたいのだろう。咲凜に謝って、亡霊のようになるのを食い止めて、その後は？

中途半端に咲凜に声をかけて、先のことを考えていなかった。

あの教室で、この先私たちはどう生きていくべきなのだろう。

# 四章　心残りだった気持ち

【放課後、時間ある？】

佐木くんからメッセージが届いたのは、帰りのホームルームが始まる直前だった。先生の目を気にしながら、机の下で【大丈夫】とだけ打って返事をする。

【じゃあ、写真部に集合で。部室は書道室の隣にある】

佐木くんが部活に入っていたことに驚いたけれど、この学校に写真部があることも初めて知った。

増田先生が注目を集めるように、手を二回叩《たた》く。

「先日、三年生でもマッチングアプリによるトラブルがあったそうです。今配った紙にちゃんと目を通して、親御さんにも渡しておいてね」

前の席の人から回ってきた紙には、マッチングアプリの危険性について書かれている。一枚だけ机に残して、紙の束を後ろへ渡す。

内容に目を通すと、マッチングアプリがきっかけで、付き合った男性と揉《も》めて犯罪に巻き込まれた例が書かれている。

いくら先生たちが訴えかけても、生徒たちは使用することをやめない。わかりきっているのに、こんな紙を配って意味はあるのだろうか。

ホームルームが終わると、琉華ちゃんと萌菜が先ほどの増田先生の忠告を面白おかしく話しはじめる。

「今どきマッチングアプリって恋愛目的だけじゃないのにね」

「性別関係なく友達作りの目的もあるの知らないっぽいよね～」

辟易《へきえき》としながらも、私は合わせて笑みを浮かべることしかできない。今日はいつもよりも頬の痛みが強い気がする。

早くこの場から抜け出したい。だけど、抜け出すための言葉が浮かばない。ちょっとした言動で琉華ちゃんたちの機嫌を損ねてしまうかもしれない。

「ねえ、ファミレス寄ってく？」

「行く行く！」

琉華ちゃんの提案に、萌菜は即答する。これは私も参加する流れになっているのだろうか。

「私……」

「じゃ、席なくなる前に行こ～！」

机の横にかけていた鞄《かばん》を手に取った琉華ちゃんが、横目で私を見た。

「亜胡、またぼーっとしてる？」

「まあ、そういうところが可愛いけどね～」

「放っておけないって感じが、亜胡はするんだろうね」

呆れたようにふたりに笑われて、私は視線を下げる。可愛いって言葉たちで包装されても、内心見下されているのは伝わってくる。

「でももう少ししっかりしないと。話聞いてないって思われることもあるからね」

なるべく空気を悪くしないように気をつけながら、嘘つきな笑みを貼り付けた。

「ごめん。そうだよね」

本当は話を聞いていたし、私の意見を聞かれないまま進んでいくことに戸惑っていただけだった。それすら言えなくて、私は笑みを浮かべたまま両手を合わせる。

「あのね……私、今日用事があって……」

昼休みのこととは違って、遊びを断るのには勇気がいる。今回断ったら、次は呼ばれないかもしれない。咲凜のときみたいに、ある日ターゲットになって、トークのグループから追い出される可能性だってある。

「えー、そうなの？　じゃあ、また今度ね～」

残念そうにしている萌菜の横で、琉華ちゃんは冷たい眼差《まなざ》しで私を見ている。きっと、SNSには【ノリ悪】など、断ったことに対しての不満が書かれるはず。ファミレスでは私の陰口を言われるかもしれない。

だけど、佐木くんとの約束がある。先にしていた約束を破りたくないし、今はあまりふたりと一緒にいたくなかった。

琉華ちゃんと萌菜を見送ると、どっと疲れが押し寄せてくる。

言えてよかった。けれど、それと同時にこんなことすら口にするのに勇気が必要なのかと、自分に呆《あき》れてしまう。

友達のはずなのに、気軽には言えない。弾《はじ》かれることを恐れて、顔色ばかりうかがって、機嫌を取るように作り笑いを貼り付けている。

また頬が痛くなって、指先でそっとなぞった。

それから、私は写真部の部室へ向かった。

佐木くんから説明を受けたとおり、書道室の隣の教室の前に立つ。ここが写真部の部室なのだろうか。ドアの上のプレートは空白になっている。

ドアの曇りガラス越しに人がいるのがわかり、私は緊張しながらもノックをした。

「入って」

中から聞こえてきたのは佐木くんの声だった。そのことに安堵《あんど》して、私はドアを開ける。

カーテンが開かれた部屋には、たっぷりと日差しが差し込んでいて眩《まぶ》しさに目を細めた。あまり換気がされていないのか、埃《ほこり》っぽい匂いがする。

左側には灰色の大きなキャビネットがふたつ並んでいて、真ん中には木製の長机。佐木くんはパイプ椅子に座って、長机の上でノートパソコンをいじっていた。

「写真部があるなんて知らなかった」

辺りを見回してみると、鞄は佐木くんのものしか置かれていない。写真部といってもそれらしきものは、机に置かれた一眼レフのみ。写真が飾られていたりするのかと思っていた。

「私が入っても大丈夫？　他の部員の人たちは？」

「幽霊部員ばっかりだから、廃部寸前」

「そうなんだ」

ドアを閉めてから、空いている椅子に座る。

「佐木くんって、写真好きなの？」

「好きっていうか、写真なら黒い影が視えないから」

黒い影が視えない私には、想像することしかできない。佐木くんは顔色ひとつ変えずに話しているけれど、日常的に黒い影が視えるのは精神的に苦しいことなのではないだろうか。心配になったものの、余計なことを言って不快にはさせたくない。

「西田、疲れてない？」

「え？」

「……最近顔色がよくない気がしてたから」

自分の頬に触れながら、私は今朝鏡で見た自分の姿を思い出してみる。確かにここ最近疲れが取れていないし、学校に来るのも憂鬱《ゆううつ》だ。

「西田って、写真とか興味ある？」

「写真？　SNSで綺麗《きれい》な写真を見ることはあるけど……」

一眼レフに触ったこともなければ、自ら写真を検索することもない。ただネットの海に自然と流れてくる情報の中で、綺麗だなと思う写真にいいねを押すくらいだった。

「俺が今まで撮ったやつ、よかったら見る？」

「え、いいの？　見てみたい！」

佐木くんが撮った写真なら興味がある。どんなふうに彼は日々の風景を切り取るのだろう。

パソコンのフォルダを開くと、佐木くんがこれまで撮ってきた四季折々の写真が表示されていく。

桜の花や、ビニール傘越しの雨空。眩しいほどの青空と向日葵《ひまわり》に、紅葉の絨毯《じゅうたん》と、公園を覆う雪景色。

私が知っている場所ばかりだからか、どこか懐かしさを覚える。

「ここ、中学の頃に野良猫がたくさんいたよね」

「猫のベンチって言われてたよな」

共通の話題で盛り上がり、私は自然と笑みを浮かべていた。そんな私を見て、佐木くんが表情を緩める。もしかしたら、私を元気づけるために呼んでくれたのかもしれない。

「ありがとう、佐木くん。元気出てきた」

「……俺が西田に話したせいで、色々背負わせていたらごめん」

気にしないでと私は首を横に振る。

「むしろ私、全然力になれてないよ。黒い影ってストレスなんだよね……？　それなら多くの人に影があるの？」

「みんな少なからずストレスを抱えているし、誰にでも影はある。だけど、影の大きさはそれぞれ違う」

「……そう、なんだ」

「それに顔まで覆われる人はそんなに多くはない」

ストレスが原因なのなら、誰もが黒い影を持っているのではないかと想像はついていた。けれど、常に黒い影が視界にあることを想像すると、私なら気が滅入《めい》ってしままう。

「……ごめんね」

「なんで西田が謝んの」

「中学の頃、佐木くんを傷つけるような噂が流されていたのに……私はなにもできなかった。本当にごめんなさい」

噂話だと片づけるには、酷《ひど》すぎるものだった。直接佐木くんに誰かが危害を加えるようなことはなかったものの、誹謗《ひぼう》中傷をされつづけていたのだ。

「西田が謝ることじゃない」

「でも……傍観していた私も加害者のひとりだと思うから」

誰かが悪く言いはじめると、他の誰かも便乗して『前々から思っていたけど』と粗探しをして、ちょっとした言動を拾い上げて叩《たた》く。

SNSでも伏字にしながら、佐木くんのことを書き込んでいる人だっていた。それをすべて知っていたのに、私はこんなことやめるべきだと、声をあげることすらできなかったのだ。

「そこまで背負う必要ないだろ。むしろ俺は、その方が重く感じる。西田に酷いことを言われた記憶もないし、罪悪感とか持たないでほしい」

「……うん」

「それに今も別に本気で全部信じてもらえているとは思ってない。みんな自分の目で見たものしか、信じられなくて当たり前だし」

噂を聞いたときから、佐木くんのことを嘘つきだと思っていたわけではない。でもどこか非現実的な話のように感じていた。

だけど、亡霊になりかけている咲凜の件もあって、佐木くんの目には他の人に見えていないものが見えるのは、確かだと今は思う。

「中学の頃、佐木くんはあの子を救おうとして黒い影のことを話したの？」

「あの頃はすぐには信じてもらえなくても、救えるんじゃないかって思ってたんだ。いきなり黒い影が視えるって言われた相手の気持ちを考えていなかった」

そのことがきっかけで、佐木くんの学校生活は一変してしまった。だけど、黒い影が視えると言われた子が困惑する気持ちもわかる。救おうと思ってとった行動が、必ずしもいい方向へ進むとは限らない。

「黒い影に最終的に覆われてた。結局助けることはできなかったんだ」

「佐木くんの言う亡霊になったってこと？」

「うん。二年の秋に表情が抜け落ちて、冬休みに入る前には顔も真っ黒な影に覆われてた。それからあの人が友達と一緒にいるのを一切見なくなった。教室にいるけど、誰も近づかないし、本人も誰かに話しかけることもない」

噂を流しはじめたのは、女の子だということは覚えているけれど、誰からだったのかはうろ覚えだ。噂の出どころが誰なのかよりも、みんなが関心を持っていたのは、〝佐木は、ヤバいものが視えるらしい〟ということだった。

「あのとき佐木くんが伝えた子って……」

彼女の名前を佐木くんから聞いて、すぐに顔は思い出せた。けれど深く考えようとすると、拒むように頭が痛む。

咲凜のことを考えて、頭痛がしていたときと同じだ。

「今も亡霊のままなのかな」

「三月に見かけたけど、前よりは黒い影が減っていた」

それを聞いて、胸を撫《な》で下ろした。すると、佐木くんは言いづらそうに一度私を見てから、目を伏せる。

「でも根本的なストレスを解消しない限りは、黒い影に再び覆われる可能性もある」

「……そうなんだ」

それなら咲凜の黒い影は、あの教室にいる限りは消えないのかもしれない。彼女に精神的な負荷を与えつづけているのは、私たち三人だ。根本的なストレスの解消なんて、どうしたらできるのだろう。

「気晴らしに、どっか行く？」

考え込んでいる私に、佐木くんが声をかけてくる。

「え……気晴らし？」

「俺も写真撮りたいし」

佐木くんが写真を撮っている姿を見たい。けれど、そんなことを言ったら、変に思われてしまいそうで、唇を結んだまま私は固まる。

ひょっとして、また私を励まそうとしてくれているのかな。

「よかったら西田のこと、撮らせて」

「私!?」

思わず大きな声をあげてしまう。

「で、でも私、絶対撮られるの下手だと思う！　こういうの慣れてないし！」

いつもスマホのカメラを向けられると、ぎこちない顔をして写りが変になるし、表情だって作れない。そんな私を撮ったっていい写真になる気がしなかった。

「そんなの気にしなくていいって」

「けど……」

「俺はこのままの西田が撮りたいから。無理に笑う必要もない」

自然体な私でいい。そう言ってくれている気がして、強張《こわば》った顔の筋肉が緩んでいく。

そっか。上手《うま》く撮ってもらおうとしなくていいんだ。それに佐木くんに写真を撮ってもらうなんて機会はもう二度とこないかもしれない。私は小さく頷《うなず》いた。

昇降口でローファーに履き替えて、私たちは学校を出た。

今まで佐木くんと一緒に帰ったのは、中学一年生の頃の一度きり。

あの日は、委員会があっていつもより帰るのが遅くなり、偶然タイミングが重なったのだ。だけど『一緒に帰ろう』とは言えなかった。

照れくさくて、気持ちがばれるのが怖くって、素直になれずにいた。それでもチャンスを逃したくない。そう思って、必死に話しかけながら、彼の半歩後ろを私は歩いていた。緊張しすぎてなにを話したのかすら、もう覚えていなかった。

「どこに向かってるの？」

「駅」

「そっか」

もっと話題を広げたいのに、上手くいかない。隣を歩きながら、彼の手元を見やる。カメラは鞄《かばん》にしまわれたままなので、まだ撮る気配はなさそうだ。誰かの被写体になることは初めてで、落ち着かない。それに相手はあの佐木くんだ。

不意に目が合って、苦笑される。

「そんな身構えないでいいから。ただ気晴らしに外出たかっただけだし」

「う、うん」

私の緊張が伝わっていたようで、恥ずかしくなってくる。

過去の恋だとしても、佐木くんと一緒にいるのは特別なこと。中学の頃は、半歩後ろしか歩けなかったけれど、今は隣を歩けている。

未練がましく引きずっているこの恋を、どうしたら終わらせられるのだろう。

「どうかした?」

見すぎてしまっていたからか、佐木くんが不思議そうに首を傾ける。

「なんでもない!」

勢いよく声が出てしまった。意識しているのが彼に伝わらないように願いつつ、空気を変えるために気になっていたことを、聞いてみることにした。

「いつから黒い影が視えていたの?」

佐木くんは口を閉ざしてしまった。彼にとっては触れられたくない話題だったかもしれない。もっと話の流れとか、空気とかを読むべきだった。

「ごめんね。答えたくなかったら、答えなくてもいいよ」

「いや……そういうわけじゃなくて、正確にいつからだったかはうろ覚えなんだ。でも物心ついたときには、視えてた」

気分を害したわけではないとわかり、胸を撫で下ろす。

人の声に色が見えたりする共感覚というものがあると聞いたことがあるので、佐木くんのも生まれつきの体質なのだろうか。

「それに俺にとって当たり前の光景だったから、人とは違うってわかってなかった」

佐木くんは当時のことを思い出すように、視線を上げる。

「小学校低学年の頃にさ、母さんの黒い影が増えてるって話したら、困惑されたんだ。話を聞いてたばあちゃんが、ふたりきりのときに『他の人には内緒にしようね』って言ってて、それでみんなは視えてないんだなって」

「佐木くんのおばあちゃんにも、黒い影が視えていたってこと？」

「そのことを聞く前に亡くなったから、わからない。でも多分、同じものが視えていた気がする。黒い影の話をしたとき、驚いていなかったから」

佐木くんが黒い影が視えるのは、遺伝なのかもしれない。でも、写真にも写らないものの証明をするのは難しい。

実際に咲凜に異変が起こっているのを目の当たりにしたものの、私には黒い影は視えない。きっと私が思っている以上に、佐木くんはもどかしさや苦しい思いを抱えて生きてきたのだろう。

「話してくれてありがとう」

黒い影について詳しく打ち明けることは、勇気が必要だったはず。中学の頃のように、噂の的になる可能性だってあった。

たとえ、佐木くんが咲凜のことが好きで、救いたいから私に打ち明けてくれたのだとしても、頼ってくれたことが嬉《うれ》しい。

佐木くんが私にとって特別な存在だからこそ、彼の想いを応援したい。

「一緒に咲凜を助けようね」

笑いかけると、佐木くんは眉《まゆ》を下げて頷いた。

駅まで着くと山手線に乗車し、その後中央線に乗り換える。どうやら地元で撮影をするみたいだ。

この時間帯は人がそこまでいないものの、空いている席がまばらだったため、私たちはドアの近くに立って外を眺めていた。まだ青空が広がっているけれど、太陽は低くなりはじめている。

「今日、秦野と会話しただろ」

「え、うん。なんで知ってるの?」

非常階段で話したので、誰にも見られていないはずだ。

「秦野を覆っていた黒い影が、少し減ってた」

「本当に!?」

「西田が対話をしたからだと思う」

私と話をしたことで、咲凜の状態が少しでもよくなったのなら、話しかけるのは効果があるということだ。だけど、もしも言葉を間違えていたら逆にストレスを与えていたかもしれない。咲凜と接するときは、より慎重に言葉を選ばなければいけない。

「でも、これだけは忘れないでほしい。自分の心を救えるのは、自分だけだ」

窓の外に向けていた視線を、佐木くんに移す。彼は真剣な眼差《まなざ》しで、私を見つめていた。

「……咲凜を本当の意味で救うことはできないってこと？」

「最終的にどうするか、決めるのは自分自身ってこと」

いくら手を伸ばしても、立ち上がって歩きだすか、それとも座ったままでいるかは他人には決められない。それは私にも言えることだ。あのグループでどう過ごしていくべきなのか、答えがずっとでないままだった。

佐木くんから目を逸《そ》らすように、再び窓の外を見た。移り変わっていく景色を眺めながら呟《つぶや》く。

「でも……決めるのって、怖いよね」

「変わることが怖いんだろ」

その指摘に、どきりと心臓が跳ねる。私が隠していた感情を見透かすように、佐木くんは静かな声で言葉を続けた。

「今立っている場所から動いたら、持っていたものを手放さないといけないことだってあるだろうし、失敗したらって考えると怖くなるんだと俺は思うけど」

変わることよりも、変わらない方が楽だ。たとえ現状がつらいとしても、一歩踏み出したら、今以上に苦しいことが待っているかもしれない。

そう考えると、私と咲凜はまったく違っている。

咲凜は、自分でグループから抜けた。無理にグループの中にいようとはしなかった。

私は陰口を言われているとわかっていても、グループから抜け出せずにいる。佐木くんの言うとおり、変わることが怖いのだ。

「それにさ、学校だけがすべてじゃないし、居場所なんていくらでも作れる。だから……」

なにかを言いかけて、佐木くんは口を噤《つぐ》んだ。私が教室の居場所に固執しているのを、彼は気づいているのかもしれない。

「私も、そう思える日がくるかな」

「西田次第でいくらでも、世界は変わると思う」

私はうじうじと悩んでいるけれど、結局ひとりになるのが嫌なだけ。馬鹿馬鹿しい考えなのかもしれない。でも、今の私にとっては学校が世界の中心なんだ。

流されてばかりの私に、自分の未来を変えられるだろうか。強くなりたい。本当は教室にひとりでいても平気なくらいの、心の強さがほしい。だけど、自分がそうなれる想像がつかなかった。

不安を押し込むように私は手のひらをきつく握りしめた。

佐木くんに連れられてやってきたのは、小学校の頃によく遊び場になっていた森林公園だった。森林とつくけれど、今は公園を覆っていた木も伐採されて、周辺には家が建っている。

公園も遊具が随分減って、今ではベンチとパンダや猫の形をした乗り物だけ。昔遊んだ砂場も、ブランコも、地球儀みたいな形をした回る遊具もすべて撤去されていた。

「小学生ぶりに来た！　佐木くんは、来たことある？」

「……よく来てたよ」

私たちは住んでいる場所は近いけれど、別々の小学校出身だった。それにこの場所はどちらかといえば、私が通っていた小学校の近くなのだ。

「友達がここの近くに住んでたから」

「そっか。それなら、小学生の頃に私たち出会ってるかも！」

私の言葉に佐木くんが笑う。

「え、なんか変なこと言った？」

「いや、今の中学の西田っぽかったから」

　手で口元を覆う。どこら辺が中学の私っぽかった？　それにそれってどんな私？

佐木くんには昔の私は、どう見えていたのだろう。

「ベンチの上にある藤棚、もう少し早かったら咲いていたかもな」

「そうだよね。見られなくて残念」

　すでに藤の花の季節は終わってしまっているけれど、五月上旬ごろに来ていたら、薄紫色の綺麗《きれい》な花が咲いていたはず。

「そういえば、ここの公園って三月になると桜も綺麗だよね」

　小学校を卒業した年の春に、一度だけ夜にこっそり家を抜け出したことがある。友達と一緒に夜桜を見てみようって約束をして、お母さんにバレないように春の夜に自転車を漕《こ》いでこの公園まで来た。その頃はまだ木々に覆われていて、少し不気味だったけれど、木々の間を抜けて公園にたどり着くと息を呑《の》むほどの幻想的な光景が待っていた。

　夜空に浮かぶ月に、薄紅色の桜。花びらは風に乗って、雪のように舞っていた。

「……来年は撮りにこようかな。今年は撮り損ねたから」

「そしたら、見せてね！」

　振り返ると、カメラを構えた佐木くんがいて、シャッターを切る音がした。時が止まったように私は動けなくなる。

「いい笑顔してる」

「急に撮るから、びっくりした！　変な顔してなかった？」

「そんなことない。ほら、見てみて」

カメラには小さな液晶画面がついていて、佐木くんが撮った写真が表示される。そこには嬉《うれ》しそうな表情をしている私が写っていた。けれど、目が細くなっていて今すぐ消したくなる。どうせ撮ってもらうなら、もっとちゃんとした笑顔がよかった。

「もう一度、撮って」

今度は正面を向いて、目をなるべく細くしないように気をつけながら、口角を上げる。けれど、佐木くんはカメラを構える様子がない。

「俺が撮りたいのは、そういうのじゃない」

「え、変な顔してる？」

「違う。もっと自然体な西田を撮りたい」

自然体と言われても、カメラを意識するとそうはいかない。不意打ちで撮られたら、不細工な顔になってしまいそうで、それも嫌だ。

「無理に笑顔を作ろうとしなくていいから」

表情が自分から抜け落ちていくような感覚がする。笑顔を作らなくていい。でも、そうしたら笑い方がわからない。

「あ……」

ぽたりと雫《しずく》が頬に落ちてきた。驚いて空を見上げると、灰色の雲が空の一部を覆っていた。手のひらに雨がぽつぽつと降ってきて、私は呆然《ぼうぜん》と立ち尽くす。今日の天気予報、雨が降るって言ってたかな。折りたたみ傘持ってくればよかった。

そんなことを考えていると、雲の流れが速いため雨雲はあっというまに遠ざかり、晴れ間が見えてくる。

「変な天気……あ！　佐木くん、見て！」

雲の隙間から柔らかな太陽の光が放射状に漏れていた。その光景は幻想的で、光のカーテンのようだった。シャッターを切る音がして、視線を向ける。

「また撮ったの!?」

カメラを持った佐木くんは、柔らかく笑う。その姿に私は目を奪われた。私にとって佐木くんの笑顔は風景よりも貴重だった。

「ずっと撮ってた」

「え、ずっと？」

「ほら」

私が気づいていなかっただけで、雨に気を取られていた瞬間も撮影されていたらしい。間抜けな顔をした自分が記録に残っている。

「……もう少しマシな顔で撮ってもらいたい」

「俺はいい顔してると思ったけど」

どう見ても口をぽかんと開けて、気の抜けた顔をしていた。あれがいい顔だとは思えない。でも佐木くんの言う自然体というのには当てはまっている。

「そういえば、カメラ大丈夫？　濡《ぬ》れるのってよくないよね」

「うん。でも……撮りたかったから」

「私の間抜けな顔？」

「あの瞬間の西田を逃したくなかったんだよ。俺しか見ないから、消さないで」

そんなお願いをされたら、消してとは言えない。私にとっては、他の人たちに見られるよりも、佐木くんに見られることが問題なのに。

「雫がついてる」

佐木くんの前髪のあたりに、先ほどの雨の雫がついていて、きらりと光って見える。

「どこ」

とってと言うように、佐木くんは私に一歩近づいて身を屈《かが》めた。躊躇《ためら》いながらも指先を彼の方へ伸ばす。

人差し指に雫がちょんと触れると、その光は消えた。

「西田も髪少し濡れてる」

上目遣いで佐木くんが私を見る。その瞬間、風船が破裂したような音が心に響く。心臓が五月蝿《うるさ》いほど鼓動が大きくなり、指先が熱くなってくる。

これ以上は、ダメだ。

一歩後ろに下がって、私は佐木くんから顔を背ける。ごまかすように手で自分の髪に触れた。

「大粒だったからかな」

近づきすぎた。ただ昔の想いが蘇《よみがえ》っただけ。そのはずなのに、佐木くんのことをいつも以上に意識してしまう。

「また今度、西田を撮らせて」

「え？　うん」

被写体としての役割をまったく果たせていない気もするけれど、私でも大丈夫ならと頷《うなず》く。

近づきすぎてはいけないと思うのに、誘われると断れない。むしろ佐木くんと一緒にいる時間が増えるのは嬉しい。

この関係がずっと続くとは思っていない。でも咲凜のことを解決するまでは、同級生として傍にいたい。

ブレザーのポケットに入れていたスマホが振動した。画面を確認すると、琉華ちゃんと萌菜からのメッセージが届いていた。既読をつけたらすぐに返さないといけなくなるので、通知マークを長押しして内容を少しだけ覗《のぞ》く。

【夏休み、海行くことに決まったよ～】

【日程は今度決めよ】

そのメッセージに気分が沈んでいった。海に行くのは気が進まない。もしもここで私はパスと言ったら、明日《あした》から本格的に私の居場所は消えてしまうのだろうか。それなら居場所を守るために、海に行くしかない。

とりあえず今は返事をする気にはなれなくて、私はスマホをポケットにしまった。

顔を上げると、佐木くんは空の撮影をしている。

「西田って、周りのやつに合わせてること多いよな」

鋭い指摘に私は頬が引き攣《つ》る。けれど、空気を悪くしたくなくて、私はへらりと笑みを貼り付けた。

「そうかも」

人目を気にして、自分を偽るようになったのは、中学のことがあったからだ。卒業式間近のときに、一番親しかった友達に言われたことが心に今も棘《とげ》のように刺さりつづけている。

『私、亜胡と一番仲よくなると思わなかった』

その理由がわからない私に、友達は苦笑しながら『そういうところ』と言葉をつづける。

『空気とかあんまり読まないし、察しが悪いじゃん？　だから、亜胡のこと苦手だったんだよね～』

頭を思いっきり殴られたような衝撃だった。

気が合うと思っていた些細《ささい》な出来事も、無理に私に合わせてくれていたのかもしれないと不安が押し寄せてくる。

空気が読めないって、いつのタイミングだろう。今この瞬間も、私は空気を読めていないと思われている？　戸惑っていないで、ここは笑って『気を遣わせてごめんね』と言った方がいい？　だけど、それさえも空気が読めないと思わせてしまったら？

それ以来私は、彼女に自分から連絡を取ることができなくなった。そして、人の顔色をうかがって、曖昧《あいまい》なことを言ってやり過ごすようになっていった。

高校では人間関係で失敗したくない。空気が読めないと嫌われないためにも、常に笑顔で接しやすい人でいたい。そう思って作り上げた高校生の西田亜胡。けれど、結局また失敗してしまった。

「私……なにやってるんだろ」

自分が情けなくて、馬鹿らしくなってくる。

好かれたい。嫌われたくない。だけど、我慢しつづけるのもしんどい。友達と仲よく楽しく過ごしたい。ただそれだけなのに、どうして上手《うま》くいかないのだろう。

「俺、余計なこと言った？」

「そんなことないよ。ただ……」

自己嫌悪に陥っているだけ。嫌われないようにと頑張ってみたけれど、私はみんなに好かれる存在にはなれなかった。

「こんな自分が嫌い」

友達に嫌われるのが怖いくせに、私のことを自分が一番嫌っている。

優柔不断でどっちつかず。周りに合わせてばかりで、うじうじ悩んで面倒な性格。悪者になりたくなくて、いい人ぶっている。行動力も、決断力もない。こんな自分が大嫌いだ。

「俺は悪い意味で言ったんじゃなくて、人に合わせることができる西田はすごいと思う」

首を横に振って、苦笑する。

「すごくなんてないよ。臆病《おくびょう》なだけ」

「人に合わせることができないやつだっている。俺もそうだし」

「そういう方が私は憧《あこが》れるよ。できることなら、自分を持っている人になりたい」

琉華ちゃんや咲凜のようになってみたかった。誰にも染まらず、存在感のある人に憧れる。

「でもどんな自分になろうと、悩みは尽きないんじゃない」

「……そうなのかな」

「知らないだけで、みんなそれぞれ悩みがあるだろうし」

私は咲凜のことを心が強くて、なにがあっても動じない人だと思っていた。でもそれは私の想像上の姿でしかない。

グループから外れたとき、泣きそうな顔をしていたのを思い出す。傷つかない人なんていない。そんな当たり前のことすら、本当の意味で理解していなかった。

それに、たとえ理想の自分にいつかなれたとしても、今度は別の悩みが生まれるはず。そうやって私は現状を嘆きつづけるのかもしれない。

「周りと比べて、自分を傷つける必要なんてないと思う。それよりも今持っているものや、大事な人に目を向けた方がいいだろ」

カメラから顔を離すと、佐木くんが顔を上げたまま、遠くの空を眺める。

「俺さ、中学の頃に周りから人がいなくなったとき、世界が終わったみたいだった」

佐木くんの横顔に陰が落ちる。長いまつ毛の隙間から見える瞳《ひとみ》は寂しげだった。

「仲がよかったはずのやつは、俺を無視したり陰でコソコソ言いはじめて、突然話しかけてきたと思えば、馬鹿にするようにからかってくることもあった」

それは、私の記憶にも残っている残酷な光景。

クラスの中心的な存在で、常に誰かが周りにいた。そんな人気者の彼が、一気に除《の》け者のようになっていた。

「たったひとつの出来事で、ここまで変わるのかって、最初は苦しかった」

小さな噂から始まって、佐木くんがいないところで話していたのに、だんだんと彼の耳に届くような声でわざと話す人まで出てきた。

嘘つき。痛いやつ。告白してフラれた腹いせで、幽霊が視えると言いはじめたんじゃないか。自分は特別って思ってるんだろ。ちょっと顔がいいからって、偉そうだなって思ってた。別によく見ると大したことなくない？

そんな心ない言葉たちに、佐木くんは中学卒業まで耐えていたのだ。

「けど、あの頃気づけなかったこともたくさんあった。揶揄《からか》ってくるやつらばかりだったけど、本気で心配して声をかけてくれた人だっていたのに」

佐木くんが私を見やると、眉《まゆ》を下げて「ごめん」と申し訳なさそうに口にした。

「西田も俺に声をかけてくれたのに、迷惑だなんて言って突き放した」

いつのことかすぐに頭に思い浮かんだ。

佐木くんの噂が広まり、心配だったけれど、私はなかなか声をかけられなかった。

そんなとき偶然帰り道で佐木くんを見かけて、走って追いかけた。

『佐木くん！　私、あんな噂信じてないから、だから、その……っ』

とにかく味方だと伝えたくて、下手くそな言葉を並べながら必死に元気づけようとした。

『先生に相談したら、噂も収まるかもしれないよ！』

『そういうの迷惑だから』

冷たく突き放されて、私は自分が間違えてしまったのだと知った。

当時の私はまだ幼くて、考えも足りていなかったのだ。先生に相談したら解決するかもなんて、淡い期待を抱き、噂はすぐ消えると根拠のない自信があった。

けれど、実際は先生の声は生徒には届かないし、噂はいつまでも残りつづける。私の浅はかな言動で、佐木くんは軽蔑《けいべつ》したのだと思っていた。

「酷《ひど》いこと言ってごめん。あの頃は周りがみんな敵みたいに見えてて……。それに俺の噂に首突っ込むと西田も標的にされる可能性があるって思ったから」

だから、あのとき迷惑だと言って、突き放したの？

私は余計なことを言うべきじゃなかったと後悔して、その日の夜に佐木くんにメッセージを送った。けれど、一向に既読にならず、返事が届くこともなかった。

嫌われてしまったのだと思い、それ以来佐木くんを見かけても声をかけなくなった。

「……ごめんね。佐木くん」

「謝るのは俺のほうだろ。酷いこと言ったんだから」

佐木くんが辛《つら》い状況のときに、私はなにもできなかった。

「けど、あのあと送ったメッセージも無神経だったかもって思って、後悔してたんだ」

「メッセージ？……西田が俺に送ったってこと？」

「え……うん。でも既読もつかなかったから、嫌われたのかもって思ってて」

「俺、西田の連絡を無視したことないけど」

即答されて私はぽかんと口を開ける。そんなはずはない。確実にメッセージを送った記録が残っている。

「それって中二の頃だよな」

「……うん。そうだよ」

「スマホ壊れて新しくしたから、アカウント作り直した頃だと思う」

「ブロックも未読無視もしてない、ってこと？」

佐木くんは「してない」と即答した。

「あんなことがあったし、新しい連絡先は中学のやつらには誰も教えてなくて。誤解させてごめん」

「ううん。大丈夫。……本当のことが知れてよかった」

勘違いだったと心のモヤが晴れて脱力する。偶然スマホの故障のタイミングと重なっただけだったんだ。

「佐木くんに嫌われたのかもしれないって思ってたんだ」

「俺が西田のこと嫌いになるはずないだろ」

断言されて、どきりと心臓が跳ねた。

「俺の中で一番楽しかった中学の頃の思い出は、西田と隣の席だったときだし」

「っ、私も！」

勢いよく返してしまって、慌てて顔を隠すように俯《うつむ》く。

「私もあの頃……一番楽しかったから」

好きな人ができて、隣の席だったから毎日が幸せだった。些細《ささい》な会話が宝物みたいで、明日《あした》はどんな話をしようって寝る前に考えていたほど。私にとって宝石みたいなひとときが、佐木くんの中でもいい思い出だったのだと知れて嬉《うれ》しい。

けれど、我に返って青ざめていく。

「ごめん、はしゃいじゃって」

佐木くんにとって中学自体がいい思い出は少ないはず。

「中学で嫌な思い出も多かったけど、俺にとって楽しい思い出がひとつあるだけでも救いだった。それにさ、俺は西田だから本当のことを話したんだ」

「え……？」

「黒い影のこと、真剣に聞いてくれるって思ったから」

視線を上げると、カシャッとシャッターが切られる。

「どうして、そんなふうに思ってくれたの？　私たち中学の途中から全然話さなくなったのに」

「中学で俺の噂が流れたときも声をかけてくれたし、クラスで困っている人がいたらいつも親身になって話聞いてただろ。他にも色々、西田が周りを見て動いてたの俺は見てきた」

中一の頃の私は、人から相談を受けることも多くて、しっかり者というイメージが定着していた。今思えば、世話焼きを通り越してお節介だった。そういうところが、〝空気が読めない〟と言われた理由かもしれない。

「だから、西田は俺の話を嘘だと決めつけたり、笑い者にしないって思ったんだ」

「けど、あの頃よりも周りの目ばかり気にするようになって、頼りないし……」

「変わったところがあったとしても、変わってない部分だってある。実際西田は俺の話を真剣に聞いてくれただろ」

あの頃も今も、佐木くんは真っ直ぐな瞳で私を見てくれる。

「やっぱり西田に話してよかった。ありがとな」

優柔不断で周りに合わせてばかりな私でも、存在価値があるのだと言ってもらえている気がして、目が潤んだ。

佐木くんのくれる言葉は温かくて、沈んでいた心に優しい光が灯《とも》る。

「私ね、中学の頃……」

ずっと言えずに心残りだった気持ちを、今なら話せる気がした。

けれど、言葉にしようとすると、なかなか声に出せない。この恋に終止符を打たないと、私はいつまでも目で彼のことを追ってしまう。

「佐木くんのこと、好きだったんだ」

声が震える。もっとさらりと口にしたかった。でも簡単に言えることじゃないから、私は今までずっと引きずってきたのだ。

中学一年生の私にとって、佐木くんは日々を照らしてくれる太陽みたいな存在だった。近くにいるだけで心が温かくなって、キラキラと眩《まぶ》しくて憧《あこが》れる。そんな特別な人だった。

私に向けられていたカメラが、少しずつ下がっていく。佐木くんは、僅《わず》かに目を見開いて固まっている。

「ごめんね！　急に！　昔のことだから気にしないで！」

へらりと笑ってごまかすと、佐木くんは俯いてしまう。

「一応話しておこうかなーって思っただけなの！　深い意味はないから。ね！」

たった数秒の沈黙が、とても長く感じる。

必死に説明しても、もう手遅れだ。失敗した。言わない方が、これからの私たちの関係を考えるとよかったのかもしれない。自己満足でしかない一方的な告白は、受け取る相手の気持ちを考えていなかった。

「……あのさ」

カメラを胸元に抱えた佐木くんは、言いづらそうに口を開いた。

「俺も」

「え？」

「中一の頃、西田のことが好きだった」

今まで心臓が止まっていたかのように、とくとくと音が体中に響き渡る。私の平均体温を超えて、指先や頬が燃えるように熱くなっていく。

好きな人からの、佐木くんからの告白は、中学生の頃の私が何度も夢に見た言葉だった。

遠くで聞こえる自転車のベルの音に、我に返る。両想いだったと知れただけで、あの頃の私が報われたはずなのに、無性に泣きたくなった。

この好きには、もう特別な意味は込められていない。あくまで中一の頃の話。高校生の私たちは、なにも始まらない。

「……全然気づかなかった」

平然を装いながら、私は目を細めて笑っているように見せる。

「これでもわかりやすく話しかけてた気がするけど」

思い返すと中一の頃は、席が離れた後もよく話しかけられていた。だけど、私は佐木くんにとって、話しかけやすい女子。その程度の存在だと思っていたのだ。

もしも中一の頃、素直に気持ちを伝えることができていたら、私たちは初めての恋人になれて、放課後に一緒に帰ったり、手を繋《つな》いだり、ふたりだけの会話や時間を重ねていけたのだろうか。

そうしたら、黒い影のことが噂になったとしても、私はあの頃とは違う選択ができていたかもしれない。そんな淡い期待と後悔が過《よ》ぎる。

「話してくれて、ありがとう。西田」

「ううん、私の方こそ……教えてもらえてよかった」

日が沈みはじめると、空は水色から紫とピンクのグラデーションがかかる。佐木くんは再びカメラを構えて、空と私を撮っている。撮り終えて、カメラから顔を離したときの表情に心臓が跳ねた。

佐木くんの眼差《まなざ》しは柔らかくて、本当に写真を撮るのが好きなんだなと感じる。

今の佐木くんは、中学の頃とは違う。

ちょっとだけ話し方がぶっきらぼうだし、あんまり笑わない。

だけど、くれる言葉は温かい。私とは違う考え方をしているけれど、それが新鮮で、もっと彼の話を聞いてみたくなる。

自分から終止符を打とうとしたくせに、今更気づいてしまう。

中学の頃の佐木くんに未練があったことは事実だけれど、高校に入って関わっていくうちに私は今の佐木くんにも惹《ひ》かれはじめている。

もうこれ以上、好きになりたくない。

『秦野を助けたい』

だって、佐木くんの想いは今、咲凜に向いているのだから。

# 五章　今日も誰かが悪者

月曜日になると、梅雨入りが正式にネットニュースで発表された。髪は湿気でまとまらないし、靴下に雨が染み込んで気分が下がる。

電車の中でスマホの通知が一件も届いていないのを確認して、ため息をつく。

金曜日の夜に、琉華ちゃんたちには返事をしておいた。

【私、水着ないよ〜！】

行きたくないとも、楽しみだとも答えづらくて、当たり障りない言葉。けれど、リアクションがなにも返ってこない。機嫌を損ねたのだろうか。

今日からは更に冷たい態度をとられるかもしれない。それか学校へ行けば、海の日程を半ば強制的に決められる流れになる可能性もある。どちらにせよ、登校するのは憂鬱だった。

私が登校すると、すでに萌菜が席に座っていた。スマホをいじっている萌菜に「おはよう」と声をかける。

「おはよ～！」

萌菜がいつもどおりで、私は緊張が解けていく。よかった。怒らせたわけではないみたいだ。

「ねえ、亜胡」

琉華ちゃんの席がある方向を見やる。そして声を潜めた。

「海の件、連絡遅かったじゃん？」

指摘をされて、ひやりとする。

「それで琉華、亜胡が乗り気じゃないんじゃないかって言ってたんだけど……」

私のメッセージに返事がこない理由は、やはり時間をおいて返してしまったから琉華ちゃんの機嫌を損ねたせいみたいだ。

ただでさえ最近琉華ちゃんからあまり好かれていない気がするのに、状況が悪化してしまった。

「そんなつもりじゃなくて……」

口にしながらも、針みたいな痛みが胸を刺す。乗り気ではなかったのは事実だ。それなのにここで私も海に行きたいと嘘をついたら、もっと苦しくなる。だけど仲間はずれにもされたくない。

「おはよ」

背後から琉華ちゃんの声がして、私は反射的に背筋を伸ばす。振り返ると気だるげにしている琉華ちゃんがいて、空いていた萌菜の隣の席に座った。

「聞いてよ。今日朝からバイト先の人に、シフト替わってほしいって言われて、三連勤になっちゃったんだけどー。本当最悪」

機嫌が悪そうな琉華ちゃんに、萌菜は優しい声音で同調する。

「最悪じゃん。大変だね。琉華、家のこともあるのに大丈夫なの？」

「うん。まあ……なんとか頑張るしかないかなー」

琉華ちゃんの家は父子家庭で、家のことはほとんど琉華ちゃんがやっていると以前話していた。表情にも疲れが見えて、顔色もよくない。

「……あんまり無理しないでね」

私に言える精一杯を口にすると、琉華ちゃんの視線がこちらに向けられる。その眼差しは鋭くて、息を呑《の》んだ。

「そういえばさ、亜胡。海の件、水着ないならこなくていいよ」

冷たい声で言うと、琉華ちゃんがにっこりと笑う。

「私と萌菜だけで行くからさ。無理させるのも悪いし」

私を気遣っているというより、来るなと拒絶しているみたいだった。そして琉華ちゃんの中で、私への壁が更に分厚くなった。

「萌菜の水着ってどんなの？」

ちらりと私を見て気まずそうにした後、萌菜がスマホをいじる。

「去年の写真が……あ、これこれ」

「えー、かわいい！　こういう水着似合うの羨《うらや》ましいんだけど」

「琉華は大人っぽいの似合いそう」

海に行く話題で盛り上がっているふたりの近くで、私は息を殺すようにその場に立ち尽くしていた。

海に行くことに乗り気ではなかったのは事実だし、私は参加しないことになってよかったはずなのに喜べない。どこで間違えてしまったんだろう。

指先から冷たくなって、足が動かない。聞こえてくるのは楽しげな琉華ちゃんと萌菜の声。ふたりの表情を見ることすら怖かった。

どのくらい私は無言で立っていたのだろう。聞こえてくる話題はまだ海に関する内容で、数分くらいしか経っていないのかもしれない。けれど、私にとっては何十分も経っているかのように長い時間に感じられる。

増田先生が教室に入ってきて、席に着くように促す。それによって、私はようやくこの場から離れられることに安堵《あんど》した。

それから完全に外されたとは言いにくいものの、琉華ちゃんは露骨に私が入れないような話題を萌菜に振って、グループの中での息苦しさが増していった。

けれど、休み時間になれば三人で集まったり、教室の移動も一緒。萌菜が私に話題を振って話していると、普通に入ってくることもある。私への当たりの強さは、琉華ちゃんの気分次第で変化した。

昼休みになると、琉華ちゃんは別のクラスの友達と約束をしているからと言って、グループから抜けていく。

「……亜胡、平気？」

ふたりきりになると、萌菜が不安げに私に聞いてくる。私は迷惑をかけないようにへらりと笑って頷《うなず》く。

「うん。大丈夫だよ」

頬が痛い。笑うことだって、本当はしんどかった。

ご飯があまり喉《のど》を通らなくて、おにぎりが減らない。お弁当を食べ終わった萌菜はスマホをいじりはじめる。

「あ、ごめん。ちょっと他のクラスの友達に呼ばれちゃった」

お弁当箱を片づけた萌菜は、足早に教室から出て行った。なんとなくどこへ行ったのか察しがつく。

ＳＮＳを開けば、案の定琉華ちゃんは悪口を書いていた。

【いい子ぶって鬱陶《うっとう》しい。ついてこないでほしいんだけど】

【存在感なさすぎて、時々いたの？　ってなるんだけど。幽霊かよ】

【一緒の空間で食べたくない】

名指しはされていないものの、今までのことを考えれば私のことだとわかる。

どうしてここまで嫌われてしまったんだろう。私、そこまで酷《ひど》いことを琉華ちゃんにしたの？

教室にはたくさんの生徒たちがいるのに、私はひとりぼっちな気がして、目に涙が浮かぶ。けれど、泣きたくなくて、耐えるように頰の内側を嚙《か》んだ。

食べかけのおにぎりをコンビニの袋に入れて鞄《かばん》に押し込むと、教室を出る。

廊下を進んでいく途中で、隣のクラスをちらりと覗《のぞ》くと、琉華ちゃんの隣には楽しげに笑っている萌菜がいた。

ああ、やっぱり……と私は、わかりきっていたのに胸が痛む。萌菜は私に気を遣って一緒にいてくれただけで、本心では琉華ちゃんの方へ行きたかったんだろうな。

自分がいらない存在に思えて、この息苦しい空間から抜け出したかった。

けれど、逃げ込めるのはトイレくらいで私は個室の中で、声を殺しながら涙を流した。

少して個室から出ると、鏡の前で自分の顔をチェックする。

思ったよりも目は腫《は》れていないけれど、少しだけ目尻《めじり》が赤い。琉華ちゃんや萌菜に気づかれたくなくて、ハンカチを少し水で濡《ぬ》らしてから目元を冷やす。

トイレのドアが開いて、女子二人組が入ってくる。私は鏡越しに姿を確認して、すぐに俯《うつむ》いた。琉華ちゃんと仲のいい隣のクラスの子だ。

「あれ？」

気づかれませんようにと願っていたけれど、彼女たちは私の存在に気づいて声をかけてきた。

「亜胡ちゃん」

初めて話すけれど、親しみのある笑みを浮かべられて、身構える。私の目元を見て、泣いていたことに気づいたのか、ふたりが顔を見合わせた。

「もしかして琉華のこと？」

「あれだけわかりやすいと気づくよね」

きっと彼女たちの前で、琉華ちゃんは悪口をたくさん言っているのだろう。SNSに書いていること以上に、私に対しての細かい不満を吐き出しているのかもしれない。

否定も肯定もしないまま黙り込んでいると、彼女たちの中で会話が進んでいく。

「琉華ってちょっとやりすぎだよね～。気に食わないと、態度に出るから面倒だし」

「あんまり気にしないようにね、亜胡ちゃん」

肩をぽんぽんと軽く叩《たた》かれて、私はぎこちなく微笑む。

「ありがとう」

心配して声をかけてくれたことに対して、お礼を言ってから私は濡れたハンカチを握りしめてトイレを出た。

早くこんな日々が終わってほしい。どうしたら平穏な日常が返ってくるのだろう。


ここ最近、朝起きるときに体が重たい日がある。早めに寝ているはずなのに、寝足りない。ベッドから脚を出すのが嫌で、スマホのアラームを止めた後、時間ギリギリまでベッドの上に寝転がっていた。

スマホを開くと、マッチングアプリの通知はいつのまにか三十件も溜《た》まっている。開くのは面倒で、誰とも繋《つな》がりたくなんてない。消そうかなと何度も考えては指を止める。

琉華ちゃんたちにいつ話題を振られるかわからない。

そろそろ用意をしなくちゃ。重たい体を起こして、クローゼットを開く。ハンガーにかけていたワイシャツとスカートを手に取る。

今日も一日が始まってしまう。琉華ちゃんと萌菜の前で、どんなふうに笑えばいいんだろう。変に話題を振っても、また琉華ちゃんに冷たくされるかもしれない。それに萌菜からも避けられたら、どうしよう。これ以上悪化する前に、海の件について謝罪をして、私も一緒に行きたいと言った方がいいのだろうか。ぐるぐると色々なことを考えても、結局なにも答えは出ない。

洗面所で歯を磨き、顔を洗って化粧水などで肌を整えてから、ナチュラルメイクを施す。まだメイクは初心者で、眉毛《まゆげ》の色を眉マスカラでワントーン明るくして、ブラウンのアイラインを細く引くくらいしか挑戦できない。制服に着替えてから、鏡に映った自分を見てため息を漏らす。

……学校に行きたくない。

準備を終えてからリビングに行くと、私に気づいたお母さんが眉を寄せた。今朝は機嫌が悪そうだ。

「亜胡！　ほとんど空の状態で冷蔵庫に入れないでって言ったでしょ」

テーブルに牛乳パックが勢いよく置かれる。確かに昨夜アイスココアを作るときに使ったけれど、あのとき牛乳はまだ三分の一は残っていた。

「私じゃないよ」

「じゃあ、誰？　陽路《ひろ》？」

「そうだと思うけど」

私じゃなかったら、あとは弟の陽路くらいしかいない。それに前回だって、ほとんど空の状態の牛乳パックを冷蔵庫に入れたのは陽路だった。

お母さんは、なにかあるとすぐに私を疑う。

「なら、陽路に言っておいて」

「なんで私が……お母さんから言えばいいじゃん」

「親から色々口うるさく言われたら、反発するでしょ」

それは私から言ったって同じだ。中学二年生の陽路は、生意気ですぐ喧嘩《けんか》腰《ごし》に話してくる。お母さんは思春期の男の子だから仕方ないと言うけれど、どんな時期だろうと関係ない。誰であろうと傲慢《ごうまん》に振る舞うことが許される人なんていない。しかも最近特に、私に対しての当たりが強いのだ。

洗面所の水が流れる音がする。どうやら陽路が起きてきたみたいだ。

苛立《いらだ》ちながらも、私はリビングを出て洗面所に顔を出す。

「ねえ」

「うわっ、いきなり現れんなよ。お前存在感なさすぎ」

琉華ちゃんにもSNSで存在感がないと書かれていた嫌な記憶を思い出して、顔を顰《しか》める。それにそっちが勝手にビビったくせに。人のことお前とか偉そうに言うところも納得いかない。

「牛乳、ほぼ空の状態で冷蔵庫に入れるのやめて」

「まだ残ってんだから、入れるに決まってんだろ」

「だから、ほぼ空だったんでしょ。お母さん怒ってたよ」

人が話しているのに、相槌《あいづち》も打たずに歯磨きをしはじめる陽路を睨《にら》む。

「聞いてんの?」

手を止めた陽路は、歯磨き粉がついている口を歪《ゆが》ませる。

「つまんないやつ」

「は?」

「なんでも母さんの言うとおりにしてんじゃん」

「なに話逸《そ》らしてんの。今は牛乳のことでしょ」

最近の陽路の言動は特に私の神経を逆撫《さかな》でする。

この間も、お母さんが買ってきたケーキを余ったやつでいいと言ったら、『それくらいも自分で決められねぇの?』と勝手に呆《あき》れてきた。決められなかったんじゃなくて、陽路が食べたいケーキを譲ろうと思っただけなのに。

「だいたい牛乳パック、これが初めてじゃないからね! 前だって私が怒られたんだから」

「じゃあ、俺がやったんだから、知らねぇ自分で叱れって言えばいいだろ。いちいち母さんの伝言係やっていい子ぶってんのがうざい」

「むかつく」

「お前もな」

口を漱《すす》いでいる陽路の脚を軽く蹴《け》っ飛ばして、洗面所を出る。なにか騒いでいたけれど、もう知らない。けれど、リビングへ戻ると今度はお母さんに「なんで喧嘩してるの！」と叱られる。

「亜胡またキツィ言い方したんでしょ」

「……だって」

お母さんが私から陽路に注意しろって言ったからでしょ。

それを言えば、倍になって言葉が返ってくる。朝食のトーストと一緒に、不満を呑《の》み込む。学校へ行くのも憂鬱《ゆううつ》だけど、家にいるのも結構しんどい。

陽路とのことがあり、今朝は電車を二本も逃してしまった。学校へ行くと、すでに琉華ちゃんと萌菜は登校している。窓際に集まっていて、私は深く息を吸ってからふたりの下へ向かう。

「おはよ～」

できるだけ自然に声をかけると、挨拶《あいさつ》は返ってこなかった。琉華ちゃんは腕を組んで、私を横目で睨む。

「なんか言いたいことあるんじゃないの？」

「え？」

なんの話をしているのかついていけず、戸惑いながら萌菜を見る。萌菜は口を結んだまま私の方を見ようとしない。

「裏で私のこと愚痴ってたんでしょ？」

「待って……私、そんなことしてないよ」

「友理たちから聞いたけど、トイレで泣いてたんでしょ？」

友理ちゃんは昨日トイレで会った隣のクラスの子だ。琉華ちゃんと親しいから、私が泣いていたことを話したみたいだ。

「どうせ私になにかされてるとか色々話したんじゃないの？」

「話してないよ！　ただトイレで会っただけだよ」

疑わしげな眼差《まなざ》しで琉華ちゃんが私を見てくる。

「じゃあ、なんで友理たちから私がいじめてるとか急に責められるわけ」

「え……」

私が泣いていたから友理ちゃんたちは、心配して琉華ちゃんになにか言ってくれたのかもしれない。けれどそれが逆に琉華ちゃんを怒らせてしまったみたいだ。

「私、本当に琉華ちゃんのこと悪くなんて」

「それなら、なんでわざわざ友理たちの前で泣くわけ。今まで亜胡、関わってなかったじゃん」

琉華ちゃんは私の話を遮り、睨みつけてくる。否定しても言い訳にしか聞こえないようだった。

どうしたら誤解が解けるのか考えてもなにも思いつかず、手に汗が滲《にじ》む。頬が痛み、口元が痙攣《けいれん》する。

「なに笑ってんの？　いつも亜胡って愛想笑いですませようとするよね。本当イライラする」

「違……っ」

琉華ちゃんはため息をつくと、そのまま廊下に出て行ってしまった。

違う。笑ってなんてない。だけど、勝手に口が動くと説明しても信じてもらえる気がしなかった。

萌菜は私のことを気味が悪いものでも見るように強張《こわば》った顔で見てから、琉華ちゃんの後を追って教室から出ていってしまう。

しばらくその場に立ち尽くしていると、予鈴が鳴り響く。席につかなくちゃと思うのに、動く気力が湧かなかった。

どうして、私は上手《うま》く立ち回れないんだろう。高校に入って、良好な人間関係を築きたいと思っていたのに、あっというまに拗《こじ》れていく。

いつだって、私が一番不満を抱いているのは自分に対してだ。

増田先生が教室に入ってくると、次々に生徒たちが席につきはじめる。琉華ちゃんと萌菜からの鋭い視線を感じて、俯《うつむ》いて私は逃げるように席に座った。

先生の話は一切頭に入ってこず、私は机の下でおそるおそるスマホを開いた。

見たくない。怖い。だけど、どうしても気になってしまう。琉華ちゃんなら、今回のことも書いているはず。

なんて書かれているのか、手を震わせながらもSNSのアイコンをタップする。予想したとおり、琉華ちゃんが数分前に投稿したものがあった。

【仲よくならなきゃよかった】

どんな悪口よりも、出会ってから過ごしてきた日々をすべて否定された言葉が傷を抉《えぐ》る。しんどいこともあったけれど、楽しかったこともあった。その思い出さえも、嫌な記憶に塗りつぶされていく。

【消えてほしい】

中学の頃から、私はなにも変わっていない。友達に苦手だったと言われて、高校では理想の自分になろうと頑張ったけれど、結局こうして嫌われていた。

みんなにとって、私なんて必要なかった。

息が苦しい。深く呼吸ができず、冷や汗が背中に滲んでいく。

ホームルームが終わった後、琉華ちゃんの席に萌菜が行き、ふたりでこちらを見ながらなにかを話している。

私の悪口を言っているのかもしれない。考えたくもないマイナスなことばかりが頭に浮かんで、私は席から動くことができないまま俯いた。

それから私は休み時間になるたび、琉華ちゃんたちから視線を向けられる前に、すぐに席を立ってトイレに逃げ込んだ。

個室で過ごしながら、スマホを手に持ってSNSを開き、下にスワイプする。

なにを投稿されているのか気になって、中毒のように繰り返し見て、そのたびに傷つく。

【面倒くさい】【だるいなぁ】【本当きしょい】

すべての投稿が私のことを言っているような気がする。

スワイプを何度もして更新して、見たくないのに見てしまう。画面にぽたぽたと涙がこぼれ落ちた。私の居場所は完全になくなってしまった。

昼休みになると、私は誰とも会わずにすむように空き教室へ逃げ込んだ。

お腹は空《す》いているはずなのに、食べる気力が湧かない。

声も出さず、表情を強張らせながら、周りを気にして過ごすのは神経がすり減る。

咲凜もこんな気持ちだったのだろうか。

友達と揉《も》めて教室に居場所がなくなったから辛《つら》いなんて、先生にも親にも言えない。

耐えないと。だけど、耐えた先にあるものはなんだろう。

琉華ちゃんたちの興味が薄れるまで、私は刺すような視線を向けられ、悪口を言われつづける。それにこのままずっと教室でひとりぼっちかもしれない。

学年が上がってクラスが替わっても、ふたりと離れる確証もない。この先の高校生活は真っ暗だった。

憂鬱な気分のまま、袋を開けてチーズパンをちぎって口の中に放り込む。

この高校にしなければよかった。お母さんにここにしたら？　と言われて、流されるように決めてしまった。

そんなことを考えはじめて、自己嫌悪に陥る。誰かのせいにして、現実逃避をするなんて最低だ。最終的にここに決めたのは私だし、佐木くんと同じ高校でクラスまで一緒になれて喜んでいたくせに。だけど、ひとりでいると余計に落ち込むことばかり考えてしまう。

スマホにメッセージが届いて、思わず手を離しそうになる。送り主を見ると、佐木くんからだった。

【今日時間ある？】

直接会ってなにか話がしたいようだった。咲凜のことだろうか。だけど今日は佐木くんと上手く話せる気がしない。落ち込んでいる姿も見せたくないし、外されていることなんて知られたくない。でも同じクラスだから、知られるのは時間の問題だ。

【大丈夫だよ】と返事をして、私はスマホをひっくり返した。

昼休みが終わる数分前に空き教室を出る。チーズパンは半分しか食べられなかった。足が重い。教室に戻りたくない。だけど、戻らないと。

「佐木くん！」

後方から呼び止めるような声が聞こえた。それが咲凜の声のように思えて、気になって私は振り返る。自然と足が動いていく。曲がり角の向こう側から、話し声がした。

「ごめんね、急に」

「大丈夫」

そっと曲がり角から覗《のぞ》くと、咲凜と佐木くんが立ち止まって話しているのが見えた。ふたりが一緒にいるのを私は初めて見た。

私が知らなかっただけで、佐木くんも咲凜の黒い影を消すために、声をかけたりしていたのかもしれない。

「教えてくれて、ありがとね。佐木くんのおかげだよ」

咲凜が嬉《うれ》しそうに微笑む。佐木くんは後ろ姿しか見えないけれど、頷《うなず》いたのがわかる。

「俺は大したことしてないよ」

「そんなことないって！　すごく助かった！　まだ色々問題は山積みだけど、頑張らなくちゃ」

「応援してる。またなにか気になることがあったら言って」

「ありがと」

そのやり取りを見た瞬間、張り裂けそうなほど胸が痛くなる。咲凜は元々気さくな人だったけれど、佐木くんに気を許しているように見えた。

もしも咲凜と佐木くんが付き合いだしたら、私は心からおめでとうと言えるだろうか。考えなくても、込み上げてくる涙で答えは出ていた。ふたりのことが好きなのに、上手くいってほしくない。こんな身勝手で醜い自分が嫌になる。

大切な人の幸せを願うこともできない。

気づかれないように私は踵《きびす》を返した。

帰りのホームルームが終わる直前まで何度も悩んだけれど、やっぱり今日の放課後は佐木くんと会えるような心境じゃなかった。

咲凜と佐木くんのことだけじゃなくて、琉華ちゃんと萌菜とのことでも、だいぶ精神的に負荷がかかっている。

それに段々と周りの人たちも、私が外されたことに気づきはじめているのかチラチラと見てくる。更には風邪をひく前兆のような体のだるさと、疲労感もあった。

【今日の放課後の件だけど、体調が悪いから、また今度でもいいかな。ごめんね】

断りの連絡を入れて、私は真っ直ぐ家に帰ることにした。

電車に乗っていると、鞄《かばん》の中でスマホが振動した気がするけれど、確認することも億劫《おっくう》だった。

電車に揺られながら、陽路の言葉が頭に浮かぶ。

『つまんないやつ』

本当だね。私はなんにも取り柄もなくて、つまらないやつだ。人に合わせて周りと上手くやろうと必死だったのに、自滅している。

咲凜のことも傷つけて、仲間はずれにしたくせに、都合のいい言葉ばかり並べて謝罪をしていた。

咲凜の黒い影をなくそうって、佐木くんと話していたけれど、本当は佐木くんといたいだけだったのかもしれない。

過去の想いを引きずって、みっともなくて馬鹿みたいだ。

佐木くんと咲凜がいい感じなのを見て、醜い嫉妬《しっと》をしている自分が嫌でたまらない。どうしてきれいな心で応援ができないんだろう。

『いつも亜胡って愛想笑いですませようとするよね。本当イライラする』

記憶の中の声なのに、今隣で言われているような気がして、両手で耳を塞《ふさ》ぐ。

やめて。そんなこと言わないで。嫌われたくない。ひとりになりたくない。私、どうしたらよかった？

うじうじ悩んで、黒くて醜い感情ばかりを抱えて、表面上はいい子のふり。

どう足掻《あが》いても、理想の自分になんてなれなかった。

「い……っ」

皮膚を抉《えぐ》られるような頬の痛みと熱を感じて、目に涙の膜が張る。笑いたくないのに、勝手に口角が上がった。

【仲よくならなきゃよかった】

琉華ちゃんがＳＮＳに書いた言葉が、彼女の声で聞こえてくる。

【消えてほしい】

——私も消えたいよ。

誰かに嫌われるくらいなら、みんなの中から消えてしまいたい。ひとりぼっちはずっと怖かったけれど、誰からも関心を持たれない方が傷つかずにすむ。

もうなにも考えたくないし、なにもしたくない。無理して笑うのも、他人の顔色を見て過ごすのも嫌だ。全部投げ出したら、楽になれるのかな。

# 六章　心の拠り所

【西田。少しでいいから話がしたい】

何度送っても、返事が来なかった。

秦野の黒い影が減るにつれて、西田の黒い影も最初は減っていた。けれど、ここ最近は西田の黒い影は急に増えはじめている。

原因を探るためにも、なるべく早く西田と話がしたかった。けれど、放課後に西田から今日は体調が悪いからまた今度と連絡が入った。

そのメッセージに気づいたのは部室に入った後で、急いで教室まで戻った。けれど、西田の姿はない。

まだ昇降口あたりにいるかもしれない。走って階段を下り、一年生の下駄《げた》箱を見る。西田のローファーはすでになくなっていた。

手遅れにならないうちに、黒い影の進行を止めないといけない。俺は靴を履き替えて、駅までの道を走りだした。

いつから黒い影を認識していたのか、正確にはわからない。物心がついたときから、人の心臓のあたりに黒いもやもやとした影が視えていた。だけどそれは、俺にとっては普通の光景。影がない人なんていなかった。

幼稚園児のときは、あまり深くは考えていなかったし、影に顔まで覆われている人を視たことがなかったのだ。

影が不気味だと感じたのは、小学校低学年の頃。

あのときは、前日の夜に母さんが父さんと喧嘩《けんか》をしていて、翌日にばあちゃんが慰めるように話を聞いていた。喧嘩の内容は覚えていないけれど、母さんが泣いていたほどだったので、精神的に負荷がかかっていたのだと思う。

黒い影が母さんの手まで覆いはじめていることに気づいた俺は怖くなり、服の裾《すそ》を引っ張った。

『黒い影、大きくなってる』

俺の言葉に母さんは首を傾げた。

『黒い影？』

『手まで広がってるよ』

影は黒い煙のようで、体にぴったりと纏《まと》わりついている。

母さんが俺に手を伸ばそうとしてきて、咄嗟《とっさ》に離れた。黒い影に覆われた手に触れるのが怖かったのだ。俺の反応に母さんはますます混乱していた。

『春くん、一緒にお買い物行こっか』

ばあちゃんはそう言って、俺の手を取る。

『きっと昨日の喧嘩を聞いて、春くんも混乱してるのよ』

不安がる母さんに、ばあちゃんが優しい笑みを浮かべる。それから俺はばあちゃんに連れられて、一緒にスーパーまで行った。

アイスを買ってもらって、ベンチでそれを食べながら、ばあちゃんは俺に言い聞かせるように話をした。

『黒い影のこと、他の人には内緒にしようね』

『……どうして？』

『みんなに視えるわけじゃないの。だから、ばあちゃんとの秘密』

そのときは目の前のアイスに夢中で、深くは聞かずに頷《うなず》いた。今思えば、もう少し詳しく話をするべきだった。

ばあちゃんも黒い影が視えるのか。この黒い影は一体なんなのか。

黒い影について、自分なりに理解するようになったのは、ばあちゃんが亡くなった後だった。

小学五年生の春、初めて黒い影が顔まで覆っている人を視た。

同じマンションに住んでいる人で、時折エレベーターで一緒になる女子中学生。彼女は視るたびに、じわじわと黒い影に覆われていっていた。

最初は胸から腕にかけて、次は脚。そして、最後に顔がわからないくらい黒い影に塗りつぶされていた。

顔まで塗りつぶされた彼女は、人ではない黒い塊のように視えて、怖くなった俺はエレベーターに乗れなくなった。

一ヶ月後のことだった。マンションで飛び降り自殺があったのだ。

母さんから聞いた話に、俺は絶句した。

『八階に住んでいた中学生の女の子ですって』

すぐに黒い影に覆われた彼女のことが頭を過《よ》ぎった。俺の家は五階で、下りのエレベーターに乗ると先に乗っていたので、上の階なのは間違いない。

その後、彼女の姿を見ることはなくなったので、このことがきっかけで、黒い影に完全に覆われた人は死が近いのかもしれないと思うようになった。

それから人間観察をするようになりわかったのは、精神的に負荷がかかっている人は黒い影に覆われやすいということ。

黒い影が首から足下まですべて覆うと、周りは関心をなくすこと。

そのことに気づいたのは、小学六年生の頃。

隣のクラスのある男子が、女子たちから嫌われ、悪口のような言葉を直接言われていた。最初はその男子が言い返して、さらに喧嘩になっていたものの、黒い影がじわじわと広がっていくと、言い返すこともなくなっていた。

そしてあるとき、黒い影が首から足下まで覆うと、誰もその男子に声をかけなくなった。表情も消えて、生気がない。別人のようで、ぞっとした。

放っておけず何度も話しかけたけれど、あまり反応がなく影は減らない。

その男子は、やがて不登校になった。

当時は、黒い影と表情が消えることの関連性がわからず、ただただ恐ろしかった。

でも、街中で見かける黒い影が首から足下まで覆っている人も表情がないことに気づいて、心が壊れかけているのだと、幼いながらに俺は理解した。

それに気づいたところで、なにかができるわけではない。知らない人に声をかけても、ただの不審者だ。

特に中学生になると、じわじわと黒い影が広がっていく人が増えた。おそらく環境が変わったせいもあるのだろう。

そんな中、隣の席になった女子の黒い影を視て驚いた。教室の中で一番黒い影が少ない。隣の席の女子――西田亜胡は長い黒髪に、模範的な制服の着こなしをしていて、真面目そうな印象だった。

『亜胡〜！　テニス部の体験入部一緒に行こ〜！』

休み時間になるたびに、常に女子たちが集まってきていて友達が多い。表面上のことしかわからないけれど、あまりストレスが溜《た》まらないタイプなのだろうか。

最初は黒い影が少ないということが珍しいだけで、特別興味を持ったわけではない。西田のことが気になった一番のきっかけは、英語の教科書を忘れてしまい、見せてもらったときのことだった。

机をくっつけて、真ん中に西田の教科書を置いてもらう。いつもよりも距離が近いせいか、相手の行動が視界に入る。

西田の視線が俺の方へ向いている気がして、それを辿《たど》っていく。なにを見ているのかわかり、慌ててノートの一部をペンケースで隠した。

やばい。見られた。

ペンケースを握っている手に汗が滲《にじ》んでいく。それは俺が前回の授業中に描いたものので、子猫が大冒険をするというアニメのキャラクターの絵。

親に弟と一緒に観にいってあげてくれと言われて、最初は乗り気ではなかったものの、観たらハマってしまったのだ。

だけど、それは幼い子どもが好きな作品で、同級生に知られたら馬鹿にされるかもしれない。

実際にこのあいだ女子たちが、アニメキャラクターのキーホルダーを鞄《かばん》につけている男子のことを指差してなにか言っていた。

西田は指先で俺の腕をつついてから、ノートになにか描きはじめる。それを見て目を見開いた。

俺が描いた子猫とよく似たイラストだけど、ちょっと柄が違う。主人公の子猫の仲間のキャラだ。この絵を描いたということは、西田も同じ作品が好きということだろうか。

【かわいいよね！　映画観た？】

絵のすぐ側に書かれたメッセージに、俺は【観た】と走り書きする。

【私、ラストちょっと泣いちゃった】

【わかる。家に帰るシーン】

【そう、そこ！　佐木くんはどのキャラが一番好き？】

ノートの端に溜まっていく筆談。授業内容なんて一切入ってこなかった。同じものが好きな同級生に会ったのが初めてだったこともあり、気分が高揚していく。

少し前までほとんど話すこともなかったのに、共通の話題があるだけで、距離が一気に近づいたような感覚になった。

盛り上がった俺たちは、それからよく話すようになった。

西田は真面目だけど気さくで、些細《ささい》なことで笑ってくれる。それが嬉《うれ》しくて、気がつけば目で追うようになっていた。

『サッカー部って結構忙しそうだよね。今週も試合なんでしょ？』

『西田だって、テニス部大変だろ。休み少ないって聞いたけど』

本当はサッカーに興味なんてなかった。運動部よりも文化部がよかったけれど、周りから勧められて入っただけだ。

サッカー部で、顔立ちが中性的。それだけで周りに人が寄ってくる。誰とでも会話をして、笑顔で振る舞う。誰かに望まれる自分でいるのは、しんどくなることもあるけれど楽だった。

『そうなんだよね〜。楽しいんだけど、ちょっと大変』

だけど、西田の前でだけは上手く話せない。他の人だったら、どんな言葉を口にしたらいいかわかるのに、西田に対しては身構えてしまう。

それはたぶん、好かれたいからだ。西田にいい印象を与えたいと意識してしまって、的確な言葉が浮かばない。

西田と一番仲のいい男子は自分だとわかっているけれど、西田が俺のことをどう思っているのかは想像がつかなかった。

いつかは自分の気持ちを伝えたい。けれど、クラス替えになって離れてしまった。

ただのクラス替え。そう思っていたけれど、西田と話すことも、すれ違うことさえなくなっていく。

女子たちの輪の中にいる西田を、俺は目で追うことしかできなかった。

以前は少なかった黒い影が、少しずつ広がっている。なにかあったのかもしれない。だけど、急に俺からなにかあったのかと聞いても、話してくれない気がした。

そして中二の秋頃、俺の学校生活を変える出来事が起こった。

同じクラスの女子が、首から足下まで黒い影に覆われた。

彼女は親しかった女子たちと仲違《なかたが》いしたようで、教室でひとりぼっちになっていた。みんな気づいていたけれど、声をかける人はいなかった。触れてはいけない。そういう空気が教室にはあった。

そうして二学期が始まると、彼女を覆う黒い影はますます広がり、今ではもう少しで顔を覆ってしまうほどだった。

表情もなくなっていき、まるで亡霊のよう。ふと、以前マンションで自殺した女子中学生や、小学生の頃に不登校になった男子のことを思い出す。

食い止めないといけない。今まで見て見ぬふりをしていたくせに、身勝手な正義感のようなものが芽生えた。

『このままだと、黒い影に覆われる』

呼び止めて、必死に説明をした。本気で話せば、理解してくれるかもしれない。そんな淡い期待を抱いてしまったのだ。

けれど、翌日になると想像とは違った状況が待っていた。

登校して廊下を歩いているだけで感じる視線。コソコソとなにかを言っている。教室に入ると、『黒い影』『幽霊』『やばいやつ』といった言葉が聞こえてきた。その中心にいたのは、救いたくて忠告した女子だった。

本気にとってもらえなかったのだと察したと同時に、自分の置かれた環境が一変する恐怖に襲われる。

今まで声をかけてきていた人たちは、遠巻きに俺を見ていて、話しかけられたかと思えば『なあ、黒い影ってマジで言ってんの？　俺にも幽霊……あ、じゃなかった。黒い影って憑《つ》いてる？』と馬鹿にしたように笑ってくる。

『前から、ちょっと変わってんな～とは思ってた』

まるで俺のことをわかったように、ほとんど会話をしたことのないやつらが言う。誰も俺の話を聞こうともしないし、嘘だと決めつけて話してくる。話のネタにされて、オモチャのような扱いだ。

次第に部活には行かなくなり、教室でも俺は誰とも話さなくなった。

助けたくて黒い影のことを話した女子は、黒い影が減ったのは一瞬で再び覆われて次第にまたひとりぼっちになって、黒い影に呑《の》み込まれていった。

なにもできなかった。むしろ自分が周りから浮いただけだ。こんなことなら、最初から伝えるべきじゃなかったんだ。

学校で人と話すこともほとんどなくなり、毎日が息苦しくなった。

あるとき、帰り道で西田が話しかけてくれたことがあった。

『佐木くん！　私、あんな噂信じてないから、だから、その……っ』

けれど、俺みたいなやつと話しているのを目撃されたら、周りになんて言われるかわからない。

『先生に相談したら、噂も収まるかもしれないよ！』

『そういうの迷惑だから』

もう俺とは関わってはいけない。傷つけるとわかっていても、好きだから突き放した。

それに西田だって本心ではどう思っているのかわからない。俺のことなんて内心では気味が悪いと思っているかもしれない。

俺にとって中学二年からは地獄のようだった。

学校へ行くことも億劫《おっくう》で、だけど休むわけにもいかない。ただでさえ心配性な母さんは、学校でなにかあったと知れば担任に連絡をする。そうしたら黒い影についても知られてしまう。

憂鬱《ゆううつ》な気持ちを押し隠して、家ではサッカー部は面倒でやめたと言い、放課後の暇な時間は家でスマホのゲームをして過ごしていた。

父さんがなにかを察したのかはわからない。けれど、休日にいきなり写真を撮りに行こうと俺を誘ってきた。

一眼レフの使い方を教わるうちに、俺も少しずつ興味を持ち、父さんが使わなくなったのを一台譲り受けた。

それからは写真を撮りに外へ行くのが気晴らしになっていた。

森林公園で植物の写真を撮っていると、あるおじいさんと出会った。最初は見ず知らずのおじいさんに声をかけられて困惑したけれど、どんどん親しくなっていった。

『自分のしたいことを選択しなさい。誰かに任せたら、失敗したときにその人のせいにしてしまうから』

時には優しく、時には厳しく俺に色々な話をしてくれる。

名前も、連絡先も知らない。だけど、その人と話す時間は久しぶりに肩の力を抜いて笑って過ごせる。居場所は学校だけじゃない。おじいさんは、俺にそう思わせてくれた。

心の拠《よ》り所を見つけたからか、少しずつ冷静に自分の状況を俯瞰《ふかん》して見られるようになった。

黒い影のことがある前から、俺はずっと疲れていたのかもしれない。周りに好かれようと頑張りすぎていた。部活だって一度も楽しいと思ったこともないし、無理して周りに合わせて笑っていることも多かった。

だから、高校に入ったら、周りに流されることなく過ごそうと決意した。

高校に入学したら、会えなくなりそうだとおじいさんは言っていたけれど、俺は『会いにくる』と約束する。どうせ高校に入ったって、友達なんてできない。放課後は暇なはずだ。

『会えなくなっても、捜すんじゃないよ。そのときがきたと思いな』

おじいさんは優しく論すように言った。

自分とここで会えなくなっても、捜すなと言われて、俺はムキになって『なんでそんなこと言うんだよ！』と責めるように言ってしまった。

『……まあ、でもそうだな。あの臙脂《えんじ》色の屋根の家、あそこが家だ』

捜すなと言っていたと思ったら、急に家を教えてくる。

このときの俺は、それを不思議に思うよりも、おじいさんが自分のことを教えてくれたことが嬉《うれ》しかった。

だから、教えてくれた理由を聞かなかった。

でも理由を聞いたとしても、おじいさんはきっとはぐらかしたはずだ。

中学の卒業式のあと、俺がクラスの集まりに参加することなく、森林公園へ行くとおじいさんの姿はなかった。今日は卒業式の後にここで会う約束だったのに、夕方になってもくる気配はない。

教えてもらったおじいさんの家まで行き、インターフォンを鳴らすと、中からひとりの女性が出てきた。母さんくらいの年齢の女性は、不思議そうに『どちらさまでしょうか』と俺に問いかけてくる。

よくここの家のおじいさんと公園で話をしていたことや、今日待ち合わせをしていたことを話すと、女性はなにか心当たりがあるのか、急ぎ足で家の中へ入っていく。

そして少しして戻ってくると、折り畳まれた一枚の紙を俺に手渡してきた。

『訪ねてきた男の子がいたら、これを渡してほしいって言ってたの』

ざらついた素材の便箋《びんせん》に、筆文字でたった一言。

【ありがとう】

それだけで俺は意味を察してしまう。おじいさんが俺に、最期に遺《のこ》した言葉だ。家の場所を教えてくれたのは、おそらく近いうちに会えなくなると感じていたからだろう。

学校で辛《つら》いことがあっても耐えていたのに、堪《こら》えきれなくなった涙が頬を伝う。

もう会えない寂しさと、最期に俺宛に言葉を遺してくれた嬉しさがごちゃ混ぜになって、嗚咽《おえつ》が漏れる。

俺の方こそ、ありがとう。

たくさんの言葉をくれて。居場所を与えてくれて。おじいさんの存在が、中学生の俺にとっては救いだった。

四月になり、高校に入学すると、西田を見かけて心底驚いた。そしてなによりも、かなり広い範囲まで黒い影に覆われていることに困惑する。

西田の心に、この二年でかなりのストレスがかかっていたということだ。以前とは違い、周りの目を気にして愛想笑いをしている西田を見ていると、中一の頃の自分を思い出す。無理をしていつか壊れてしまうんじゃないかと心配になる。

そして、四月から五月に入るにつれて、黒い影は増えていった。脚まで覆われはじめていて、このままでは危ない。

俺にはなにもできないと、小学校や中学校を通して痛感したのに、西田のことだけはどうしても諦《あきら》められなかった。

『このままだと秦野咲凜の心が死ぬ』

秦野が影に覆われはじめていたのは本当だけど、一番危険な状況なのは西田だということを伏せた。

中学の頃のように忠告したところで、気味悪がられるかもしれない。だから、俺は一か八《ばち》かで秦野のことを一緒に救おうと話した。

予想外だったのは、秦野の状況が一気に悪化したことだ。元々は西田の方が黒い影に覆われていたのに、秦野の方が黒い影の進行速度が上がり、表情が消えていった。

西田を見ていたら、なにに苦しんでいるのかは大体わかる。

秦野をひとりにしてしまったことを、後悔しているのなら、ふたりの仲を戻せばいいのではないかと俺は浅はかな考えをしてしまった。


学校を出て走りながら、自分の考えを押し付けてしまったことを悔いる。

秦野の黒い影が減って状態が改善してきても、西田は悪化してしまった。一度は減ったのに、どこで間違えた？　西田のストレスを増やした原因を考えてみても、いつも一緒にいた女子たちのことしか浮かばない。

最善の策がわからないけれど、とにかく西田に会って話がしたかった。

駅までの道を捜しても西田は見つからない。改札のあたりを見回していると、誰かに後ろから肩を叩《たた》かれた。

「なにしてんの？」

振り返ると秦野がいて、「誰か捜してる？」と首を傾げる。

走ったせいで息が上がり、思うように話せない。

「え、亜胡？　どうかしたの？」

「用が、あって」

「さっき遠くから亜胡っぽい人見かけたけど、もう電車の中じゃない？」

一気に脱力する。今日話すのは無理そうだ。明日《あした》にするしかない。

「佐木くんって亜胡と関わりあったの？」

「……一応」

俺の噂のこともあり、西田に許可なく同じ中学だったことを言っていいのかわからないため言葉を濁す。

「ふーん。そうだったんだ」

秦野は深く聞いてくることなく、あっさりと「じゃあね」と片手を振って去っていく。「じゃあな」と返しながらも、西田に対して周囲の関心が急速になくなっているのを感じて焦る。

秦野は、俺がカメラを持っているのを目撃して以来、写真について時折聞いてくるようになった。どうやら小物撮影の背景などのディスプレイに興味があるらしい。

俺がアシスタントとか募集しているところもあるから、バイトとかやってみたらと提案したら、本気で探しはじめたらしい。

秦野の黒い影は西田と話をするようになってから、徐々に減っていった。西田の場合は、どうすれば減るのだろう。

とりあえず、西田がなにに悩んでいるのかを聞くしかない。俺には解決できない問題だとしても、話を聞くだけでも少しは減る可能性だってあるはずだ。


翌朝になっても、西田から返事が来ることはなかった。

余程体調が悪かったのだろうか。ひょっとしたら今日は学校を休むかもしれない。

考え事をしながら教室に入ろうとしたところで、誰かとぶつかった。

「ごめん」

ほぼ全身黒い影に覆われていて、俺は目を見開く。顔を確認する前に、その生徒は廊下を走って遠ざかっていった。

あんなに覆われていた人、クラスにいたか？　それとも他クラスの生徒が、なにか用事があってこのクラスに来ていただけだろうか。

引っかかったものの、誰かわからない。

ひとまず自分の席につき、教室を見回すものの西田の姿はなかった。しばらく待ってみたけれど、一向に登校してこない。

朝のホームルームが終わっても、姿を現さなかった。やっぱり体調不良だろうか。

そう思い、もう一度西田の席を見遣《みや》る。

割れた透明のペンケースが置かれていることに気づき、血の気が引いていく。

さっきぶつかった生徒は、どのくらいの背丈だった？

俺よりも背が低かったのは間違いない。それに昨日の放課後、教室を見たときにペンケースは置かれていなかった。

……西田は今日登校している。

俺は急いで教室を出て、真っ先に昇降口まで行くと靴を確認する。ローファーはない。一度登校して、帰ったということだ。

やっぱりあのときぶつかったのは、西田だ。

# 七章　あの頃の私たちに、さよなら

なにもかも疲れた。やる気が出ない。だけど、学校に行かなくちゃ。

重たい体を動かして、学校へ登校する。

今日はお母さんも陽路も口うるさくなくて、平穏だった。よかった。こうして放っておいてもらえるのが一番いい。

それに教室に入っても、誰も私を見ない。心底ほっとした。

けれど、ため息ばかりが漏れる。憂鬱《ゆううつ》で些細《ささい》なことで疲れてしまう。眠たくもないのに、ベッドで寝転んでいたい。

視界の端に、琉華ちゃんと萌菜の姿が見えた。ああ、またなにか言われるかもしれない。身構えたけれど、ふたりとも楽しげに話をしていて、私を見なかった。

おかしいな。あんなことがあったのに、私に対して無関心だ。

……無関心？　自分で考えて疑問に思う。

そんなのまるで、あのときの咲凜のようだ。ふと視線を手のあたりに下げると、黒い煙のようなものが一瞬視えた気がした。

手のひらを何度見ても、なにもない。疲れているせいだろうか。

少しでも気分を紛らわせるために、鞄《かばん》にしまっているペットボトルのお茶を手に取ろうとしたときだった。

「な……っ」

黒い煙のような影が脚をぶわりと覆っているのが見えて、鞄から手を離す。私を呑《の》み込もうとしているみたいだった。

けれど、もう一度自分の手や脚を見ても、なんともない。

考えすぎだ。きっと疲れているだけ。そう思っても怖くなっていく。

突然なくなった周りからの関心。琉華ちゃんと萌菜でさえも私に対して、興味を失っている。

……違う。そんなことない。

心の中で否定しても、悪い方にばかり考えが傾いてしまう。

このままだったら私は表情を失い、空気のような存在になって、誰からも関心を持たれず、孤独に生きていくのだろうか。

すでに表情を失っていたら、どうしよう。

顔に触れてみてもよくわからない。微《かす》かに震える手でスマホを鞄から取り出して、カメラを起動する。インカメラのマークを押して、自分の姿を確認してみた。

画面に映った私の顔は、生気がなく青白く見える。

――亡霊。

その言葉が頭を過《よ》ぎると同時に、確信した。

私も亡霊になりかけている。

頬の痛みは消えたけれど、思うように動かない。頬の筋肉が強張《こわば》っているというよりも、力を入れようとしても入らない感覚だった。

今の私は、佐木くんには顔以外が黒い影に覆われて視えるはず。こんな自分を知られたくない。咲凜のことを助けたいなんて言っておいて、自分がこんなことになってしまうなんて。

このまま教室にいたくなくて、私は鞄を抱えて立ち上がる。体がぶつかって、机の上に置いていたペンケースが落ちてしまった。

大きな音がしたのに、誰もこちらを見ない。本当に私のことなんて、誰も気にしていなかった。

屈《かが》んで落ちたペンケースを拾う。プラスチックでできた表面にヒビが入ってしまっていた。

握りしめる手が震える。完全に壊れてしまったようで、蓋《ふた》がうまく閉まらない。捨てなくちゃ。そう思うのに、ゴミ箱に入れることには躊躇《ためら》いがある。

壊れたら元には戻らないのに、捨てられずにいるのは、友達関係も同じだ。無理に一緒にいても傷つくとわかっていたのに、離れられなかった。

琉華ちゃんも、萌菜も、そしてひとりで席に座っている咲凜も、こんな私が亡霊になったところで、どうだっていいはず。

すると、指先から再び黒い影が現れて、肘《ひじ》あたりまで染め上げるように呑み込んでいく。

あまりの恐怖に、私はペンケースを放り投げるように机の上に置いた。

幻覚だ。そうに決まっている。だけど、周りにもこの影が視えていないか不安になる。

ひとまず、今はここから出たい。

興味を持たれていないとわかっていても、息を殺すようにしてそっと私は教室の後ろのドアの方へ歩いていく。廊下に出ようとしたところで、誰かにぶつかってしまった。

「ごめん」

この声は佐木くんだ。顔を上げるのが怖い。

私が亡霊になりかけているのなら——佐木くんには顔以外黒く覆われた姿に視えている？……嫌だ。こんな姿、佐木くんに見られたくない。

俯《うつむ》いて顔を隠すようにしながら、私はそのまま廊下を走りだす。

このまま亡霊になんてなりたくない。だけど……佐木くんからどう見られるか、気にしても意味はない。彼は咲凜が好きなのだから。

体から力が抜けて、急激に速度が落ちていく。

逃げたかった気持ちが嘘のように萎《しぼ》んでいき、全身に疲労感が広がる。泣きたい気分なのに涙も出ず、ため息が漏れた。

みんなからの関心が薄れているのなら、悪口や刺すような視線に苦しむこともない。だったらこのままでもいいや。もうなにもかも面倒くさい。

相手の顔色をうかがって、欲しそうな言葉を選んで、愛想笑いを貼り付けても、なにも残らなかった。

私がしてきたことは、全部無意味だったんだ。

学校でも両親の前でも、いい子ぶって馬鹿みたい。

陽路はきっと、自分には強気で話すくせに、お母さんの前では黙って従う私に苛立《いらだ》っていたのだ。

思ったことをなんでも口にするのが正しいわけではないけれど、私は人によって態度を変えて、勝手にしんどくなっているだけだ。

陽路に当たられていると思っていたけれど、私だって陽路に当たっていた。ずっと一緒に暮らしてきた弟とすら、関係を築けていない。

それにお母さんとも向き合えていなかった。なにを言っても、どうせ怒られるから。どうせ陽路の味方だから。そうやって本音で会話することを諦《あきら》めていたんだ。

昇降口まで行くと、靴を履き替えてふらついた足で学校を後にした。


とにかく今はひとりになりたくて、思い浮かべたのは森林公園だった。

この時間帯は誰もいない。まるで世界に私だけしかいないみたいだった。

ベンチに座り、六月の終わりの生暖かい風を感じながら、青々とした桜の木を見上げる。

ここにきたら気持ちが落ち着くかと思ったけれど、先ほどからため息ばかりが漏れる。佐木くんときたときは、公園に懐かしさを感じたり、空が綺麗《きれい》で心が洗われたけれど、今はなんとも思わない。

それに以前なら学校をサボることに抵抗があった。でも、もういいや。誰も私がいなくても気にしないんだから。

亡霊になれば、傷つくことも減って楽に生きられる。

学校では誰かに嫌われる心配をしなくなるし、家でもお母さんから叱られたり、陽路と喧嘩《けんか》することもなくなるはず。私は平穏を望んでいたのだから、これでいい。

それなのに、心にぽっかりと穴が空いたようだった。穴の空いた部分には、なにか大事な感情が詰まっていた気がするのに、今はなにも思い出せない。

視界に黒い影がチラつく。完全に私の手も脚も、胴体も真っ黒になっていて、幻影が消えない。先ほどまで恐怖心を抱いていたけれど、どうでもよくなっていた。

いっそのこと黒い影に呑み込まれて、消えてしまいたい。

私なんて、誰からも必要とされていないのだから。存在していたって意味がない。

「西田！」

叫ぶように私を呼ぶ声がした。ぼんやりとした頭で、佐木くんの声に似ているなと考えていると、砂利を踏む音が聞こえてくる。

目の前に立った相手を見上げると、そこには息を切らした佐木くんがいた。

「なんで……授業は？」

「捜さなくちゃと思って」

私が黒い影に覆われたから、心配して捜してくれたのだろうか。以前だったら素直に喜べていたかもしれない。けれど、今は嬉《うれ》しさよりも心の中に溜《た》め込んだ醜い感情が一気に噴き出してくる。

佐木くんは咲凜が好きなんだから、優しくしないでほしい。言葉や仕草に一喜一憂したくない。

「私のことなんて放っておいていいよ」

捜しにきてくれたことにありがとうすら言えず、抑揚のない声で突き放してしまう。嫌なやつだって思われるかもしれない。だけどもう、どうだっていいやと投げやりな気持ちになる。

けれど、佐木くんは拒否するように首を振った。

「それはできない」

「なんで……」

「西田のことが心配だからだよ」

言葉を正面から受け止められない。脳裏に浮かぶのは、咲凜と佐木くんが話している姿。嫉妬《しっと》の感情を抑えきれない自分に失望する。そして、周りの人たちから向けられた言葉や、自分への溜まった不満がフラッシュバックする。

弟からはつまんないやつだと言われ、親にすら言いたいことを言えない。

友達からは、いつも愛想笑いですませようとしていると言われてしまった。

私は他人との間に分厚い壁を作って、困ったらその場凌《しの》ぎの言葉と愛想笑いで乗り切っていたんだ。

だから、本音で語り合える友達はひとりもいない。それなのに、誰かに本当の私をわかってほしいなんて、都合のいいことを思っていた。

本当消えちゃいたい。こんな自分が大嫌いだ。

「黒い影が視えるからって、佐木くんが責任を感じなくていいよ。むしろ優しくされる方がしんどいから……」

「聞いて、西田」

「……っ、お願いだから、ひとりにして！」

立ち上がり、佐木くんから逃げるように背を向ける。すると、引き留めるような強《こわ》張《ば》った声がした。

「ずっと言えなかったことがある」

振り返ると、切迫した空気を纏《まと》った佐木くんの瞳《ひとみ》は切なげだった。

何故彼がそんな表情をしているのかわからない。けれど、ここで話を聞かなければ後悔する気がして、私はじっと言葉の続きを待つ。

「俺が一番救いたかったのは、西田なんだ」

佐木くんは言葉を探すように視線を彷徨《さまよ》わせて、右手で自身の腕を掴《つか》む。

「秦野のことも亡霊になるのは阻止したかったけど、本当は西田のことを救いたくて亡霊のことを話したんだ。黙っていてごめん」

「……それって、私も……ずっと黒い影に覆われていたってこと？　いつから？」

「高校に入学した時点で半分は覆われてた」

脚の力が抜けていき、私は砂利の上に崩れるように座り込む。微《かす》かに震える手で口元を押さえる。

どうして今まで気づかなかったのだろう。ストレスを感じている自覚はあったのに、自分は大丈夫だと思い込んでいた。

無理をして笑いながら教室で過ごしていた私の黒い影の量が少ないはずがない。

「佐木くん」

恐怖が一気に私を呑《の》み込み、呼吸が浅くなる。

「私……亡霊になってる？」

こんなにも焦っている彼を見れば、なんとなく察する。亡霊になっているか、もうじきなってしまうかのどちらかだ。

「……ごめん。答えなくていいよ。私は亡霊になってもいいと思ってるから、放っておいて」

私を覆っている黒い影の幻覚と、似たようなものが佐木くんの目にも視えているはず。

座り込んだ私に佐木くんが手を差し伸べてくる。けれど、黒い影に覆われた手で彼に触れたくない。

「俺、今まで誰のことも救えないし、なにもできないって諦めてた。秦野のことだって、西田の協力がなかったら無理だった」

佐木くんは自分の手を握りしめる。微かに震えていて、爪が皮膚に食い込んでいた。

「だけど、西田のことだけは諦められない」

注がれる優しさに都合のいい勘違いをしてしまいそうになる。

そうだったらいいのにと願望を抱いては、そんなわけないと落胆する。もうこれ以上、傷つきたくないのに。

「私……最低なやつだよ」

「俺にとっては最低じゃない」

「佐木くんが思っているような人じゃないよ。自分でみんなにいい顔をしてたくせに、内心疲れてたし、ずるい嘘だってついてた。自分を守ることばっかりしてたの」

そんな自分の生き方が正解だと最初は思っていた。

でも、本当はこんな生き方しかできない自分に劣等感を抱いていたんだ。

自由奔放に見えていた咲凜や琉華ちゃん、嫌われずに輪に溶け込める萌菜のことが羨《うらや》ましくて、妬《ねた》ましかった。

けれど、咲凜が亡霊になりかけるほど心にストレスを溜め込んでいたことを知って、私が見ていたのはほんの一部の姿だったんだと知った。

それはきっと咲凜だけじゃなくて、琉華ちゃんや萌菜にもそれぞれ悩みがあって、誰も楽な生き方なんてしていない。

心の内側を見せ合っているようで、すべては見せずに我慢をしたり、話せずに苦しんでいることもあるはず。

ちょっとしたことで人間関係が壊れてしまう教室で、私たちは自分の居場所を守るために必死だった。

こんな居場所、意味はあるのかと考えたこともある。だけど、私にとっては意味があるものだった。ひとりじゃないというだけで、心強かったから。

「友達と楽しく過ごして、嫌われないような理想の高校生活を送りたかった。馬鹿みたいって思われるかもしれないけど、それが私の願いだった。だけど……なんで上手《うま》くいかないんだろう。なんで私、こんなんなんだろう」

先ほどまで泣きたくても出なかった涙が、込み上げてくる。

私はちっぽけで弱くて、誰かを羨む自分が嫌いで自信もなかった。

だから、ハリボテの西田亜胡を作って、本当の醜い自分を隠していたんだ。

「誰だって嫌われたくないし、愛想笑いだってする。完璧《かんぺき》な自分でいる必要なんてないだろ」

自分は完璧主義ではないと思っていた。けれど、人間関係においては苦い経験から、私なりの完璧を求めてしまっていたのかもしれない。

「……私、理想どおりの自分になりたくて、そこから少しでも逸《そ》れたらダメだって思ってた」

心を壊してしまうほど追い込んで、理想の自分を作る必要なんてなかったのに。

「なんでこんなに……ダメなんだろう」

自分の悪いところばかりに目がいって、どんどんマイナスな思考に支配されていく。

「ダメなところがあったっていいじゃん」

「え……？」

「そんな自分を許すことも大切だと思う。過去の自分は変えられないけど、これから先の自分は変えていけるから」

私はずっと今に目を向けず、過去に囚《とら》われて、どうしたらよかったのかと後悔ばかりだった。けれど、これから先のために今に意識を向けられるだろうか。

私の不安を見透かすように、佐木くんが微笑んでくれる。

「どうしたらいいかわからなくて悩んだら、俺に話して。傍で一緒に考えることはできるから」

目に溜《た》まった涙が零《こぼ》れ落ちる。

「だから、西田。ひとりでどこかに消えようとしないで」

表情を動かす力さえ湧かなかったのに、頬が自然と動いた。

「佐木くん」

彼の名前を呼びながら、子どもみたいに私は顔をくしゃくしゃにして泣きじゃくる。

「ごめんね……っ、放っておいてなんて酷《ひど》いこと言って」

私は臆病《おくびょう》で嫌われることも、周りから視線を向けられることも恐れていた。そしてなによりも、人間関係が変わっていくことが怖かった。

だけどどうしても、上手くいかない関係もある。距離が近づいて、初めて相性がわかることだってあるし、一度仲よくなったからといって、ずっとその人たちと一緒にいなければいけないわけじゃない。

以前佐木くんが言っていたように、私たちには選択ができる。

無理にあの教室にいる必要もないし、居場所は教室でしかつくれないわけじゃない。道はひとつじゃない。

「また学校が辛《つら》くなったら、今度は一緒に抜け出そう」

再び差し出された手に、私は躊躇《ためら》いながらも黒い影に覆われた手を伸ばしていく。指先が触れると、佐木くんが包みこむように摑んで、座り込んでいた私を引っ張り上げた。

その瞬間——私の体を覆っていた黒い影が、白く光って消えていく。それは花びらが散っているような光景だった。

「綺麗《きれい》。……桜みたい」

ぼそりと呟《つぶや》くと、佐木くんは目を見開いた。

「……この光、西田にも視えてる？」

今度は私が目を丸くして頷《うなず》く。どうして私にも黒い影が視えたのか、わからない。

だけど、間違いなく桜の花びらのように散っていく光が私には視えていた。

「こんなの初めてだ」

顔をくしゃりとさせて、佐木くんが笑う。幼い子どもみたいに無邪気だった。

生まれてからずっと佐木くんがひとりで抱えていたものを、初めて誰かと共有できたのかもしれない。

彼の笑顔とこの景色を、私は目に焼きつける。まだ自分の置かれた状況への不安は消えたわけではないけれど、今日のことを私は忘れたくない。

「佐木くん」

花びらのような光は空に舞い上がると、私たちに降り注ぐ。

「私のこと心配してくれて……捜してくれて、ありがとう」

繋《つな》いだ手を、佐木くんは強く握り返してくれた。

それから私は佐木くんとベンチに座って、自分がどのような状況だったのかを聞いた。

グループから外れた咲凜と再び話すようになり、影が減ることもあったけれど、次第にまた増えはじめたらしい。

おそらくそれは、琉華ちゃんたちとの関係が悪化したことや、家での出来事、そして咲凜への嫉妬《しっと》が原因だ。

「咲凜と、その……上手くいきそう？」

聞くのは怖かったけれど、ずっとモヤモヤとしているくらいなら本人の口から教えてもらいたかった。

けれど、佐木くんは顔を顰《しか》めた。その反応を見て、恋愛に口を出されたくなかったのかもしれないと焦る。

「上手くってなにを？」

「ふたりで仲よさそうに話していたから、てっきり……」

「仲よさそう？」

私が廊下で見かけたことを話すと、佐木くんは思い出した様子で「あれか」と呟いた。

「俺がカメラを持っていたのを秦野が見かけたらしくて、それで写真関連のことを聞かれたから、アシスタントの話とかをしてただけ」

勘違いしていただけだとわかり、安堵《あんど》したものの、羞恥心《しゅうちしん》で顔が熱くなる。誤解して、咲凜に嫉妬していたなんて。もっと早く聞いてみればよかった。

「……そうだったんだ」

「俺は昔と変わらないけど」

「え？」

目が合うと、心臓が大きく跳ねて全身に一気に血が巡ってくる感覚がする。

「あの頃から時間も経ったし、引きずってるだけだって思われるかもしれないけど」

勘違いしないようにと、必死に心の中で自分に言い聞かせるけれど、佐木くんの瞳《ひとみ》に熱を感じて戸惑いを隠せない。

「でも俺は、今の西田と一緒にいたいって思うから」

目に涙の膜が張り、佐木くんの姿が滲《にじ》む。終わったはずの私たちの想いは、新しく芽吹いて関係が変わりはじめる。

「西田の中で、答えが出てからでいいよ」

いっぱいいっぱいで言葉が出てこなくて、必死に首を縦に振る。すると、佐木くんが小さく笑う。込み上げてくるくすぐったい感情に、私も頬が緩んだ。

両手に抱えた感情や人間関係を、私はまだ整理しきれていない。佐木くんはそのことを理解してくれた上で、待ってくれている。

まず私は、この先自分がどうしたいのかを決めていかなくちゃ。

放課後の時間帯になると、私たちは学校へ戻った。佐木くんの鞄《かばん》と、私が置いたままだったペンケースを取りに教室に足を踏み入れる。

電気が消された薄暗い教室には、生徒たちの姿はない。

割れたプラスチックのペンケースが置いてある机に歩み寄る。蓋《ふた》が壊れていて、閉めても僅《わず》かに浮いてしまう。

中身のペンや定規を鞄の中に入れると、空っぽのペンケースが手に残った。

入学前に買ったペンケースの裏側には、咲凜や琉華ちゃん、萌菜に貼られたネームシールが付いている。これは四月に生徒手帳に貼るようにと先生から配られて、余ったものだった。

『あ、ここに貼っちゃお～』

咲凜がふざけて私のペンケースに貼ると、琉華ちゃんと萌菜も『私も！』と言って貼っていた。それを私は『なにしてんの～！』と笑いながら見ていて、内心嬉《うれ》しかった。

誰かにとってはくだらないことでも、私にとってはふざけあって距離が縮まっている気がしたから。まだあの頃は四人の仲は平和で、息苦しさもなかった。

爪の先でシールを剥《は》がしてから、私は教室の後ろ側にあるゴミ箱の前に立つ。

手に持っていたプラスチックのペンケースと剥がしたシールを、ゴミ箱の中に放り入れる。

自然と窓側の方に視線が向いた。あそこには私たち四人がいつも集まっていた。

ずっと手放すのが怖かった居場所。嫌われたくなかった友達。だけど、もう笑い合っていた楽しい時間は戻ってこない。

「西田。帰ろう」

佐木くんに声をかけられて、私は頷いた。

さよなら、あの頃の私たち。

# 八章　もう一度、ここから

教室に私の席はあっても、以前のような居場所はなくなった。琉華ちゃんと萌菜のところへ私は行かなくなり、ふたりも私には声をかけてこない。

休み時間のたびに、人目を避けてトイレや非常階段、空き教室に逃げ込んでは安息を得ていた。今までグループで行動していたからこそ、ひとり行動にまだ慣れない。

いつまでも逃げていたくない。強くなりたい。そう思うけれど、今は弱い心に平気なふりを貼り付けているだけ。だけど、以前よりかはずっと心は落ち着いている。

それに、無理して笑っていた頬は、今は痛まなくなった。

非常階段の扉を開けると、階段に座っている女子生徒の後ろ姿。

「咲凜」

声をかけると、振り返った咲凜が軽く手を振った。私は階段を下りて彼女の隣に座る。ここ最近、お昼は時々ふたりで食べている。

約束をしたわけでもないし、以前のように咲凜と教室で一緒にいるわけでもない。

ただお互い気が向いたときに、ここへきてタイミングが合えばふたりでご飯を食べる。縛られることなく、気ままな関係になっていた。

「あ、珍しいね。亜胡、今日お弁当なんだ」

私の膝《ひざ》の上に載っているお弁当箱を見て、意外そうにする。高校に入学してから、私はずっとコンビニのご飯だった。

「今朝早起きして、作ってみたんだ」

「え、自分で作ったの？　すごすぎ。私、料理とか授業でしかしたことない」

「でもほら、見て。卵焼き、ちょっと失敗したんだよね」

こんがりと焼き目がついてしまった卵焼きは、陽路には甘すぎると言われた。

「弟からは不評だったけど、ひとついる？」

「いるいる。食べてみたい」

咲凜は卵焼きをひとつ食べると、目を丸くした。

「え、甘くて美味《おい》しいんだけど！」

「本当？　褒めてくれたの咲凜とお父さんだけだよ〜！」

家では唯一お父さんだけが嬉しそうにしてくれたけど、お母さんも陽路も、練習しろとか口うるさく言ってきて悔しい。だから、絶対いつか美味しい、また作ってってって言われるくらいのを作ってみせるって密《ひそ》かに決めた。

今では咲凜の表情はちゃんと戻っていて、佐木くん曰《いわ》く黒い影もここ最近特に減ってきているらしい。私には詳しくはわからないけれど、なにか心の変化が咲凜の中であったのかもしれない。

ご飯を食べ終わって、最近見たドラマや動画の話をしていると、だんだん咲凜の口数が少なくなっていった。なにか言いたげに、スマホを握りしめている。

「亜胡、大丈夫？」

「え？」

「……私が口出すことじゃないかもしれないけど、琉華たちと完全に一緒にいなくなったでしょ」

咲凜の指摘に私は頷《うなず》く。私たちはこうして時々一緒にご飯を食べるものの、お互いに琉華ちゃんたちの話題は避けていた。私にとっても、咲凜にとっても心の傷に関わることで、触れてはいけない話題になっていたのだ。

「平気って言ったら嘘になるけど……でも悪口言われているかもってビクビクして顔色うかがっているよりも、過ごしやすいよ」

「……そっか。それは私も同じかも」

咲凜は短く息を吐いてから、「私さ」と硬い声で言葉を続ける。

「マッチングアプリで出会った人に怪我させられたことあったじゃん？」

マッチングアプリで知り合った大学生と口論になり、突き飛ばされて怪我をした話を思い出す。あのとき初めて、琉華ちゃんが咲凜に対して不満があることを私は知った。

「実は軽くなんだけど殴られたんだよね」

驚きのあまり声をあげそうになる。確かあのとき、咲凜は突き飛ばされて怪我をしたと言っていたはず。

「そのことを琉華にだけ話してたんだ。だから殴られたわけじゃなかったんだって萌菜に聞かれたとき察した。言いふらしてるんだなって。それでね、みんなでいるのが怖くなったんだ」

信用していたはずの人が、裏で秘密を他の人にバラしていた。その事実を知って、咲凜は疑心暗鬼になっていたそうだ。

「パパ活をしてるって嘘の噂も流れはじめて、それも仲がいい誰かが面白おかしく言っているんじゃないかって疑っちゃったんだよね」

そうして咲凜は私たち三人の下には寄って来なくなり、ひとりでいることを選んだらしい。

「……私、自分勝手だったなって最近思うんだ」

ペットボトルのお茶を握りしめながら、掠《かす》れた声で吐露する。

「ずるくて、最低で……でもそれをわかっているのに、自分のことばかり守ろうとしてた」

「みんなそうでしょ」

「え？」

「自分を守ろうとするのなんて当たり前じゃない？」

笑い話でもするような軽い口調の咲凛に、私は手に持っていたお茶を落としそうになる。

「自己防衛くらい誰だってするよ。心の中の汚い感情を表に出したくないし、嫌われるのも怖いしさ」

咲凛がそんなふうに考えていたなんて、初めて知った。私は彼女のことを、誰にどう思われようと、自分を貫いている人だと思っていたのだ。

「グループにいたときみんなの顔色をうかがって、言葉を選んで……そんなことの繰り返しだったよ」

呆然《ぼうぜん》とする私に、咲凛は眉《まゆ》を下げて笑った。

「人よりは溜《た》め込まないかもしれないけどさ。でも私も言えない気持ち、たくさんあった」

私が思っていた以上に咲凛は繊細で、ずっと色々なことに耐えていたのかもしれない。

「咲凜が我慢してたこと、気づかなくてごめんね」

「亜胡が謝ることじゃないって。それにみんなから、男遊びしてるとか言われても文句言えない行動したり、自分で状況を悪くしてたところもあるし」

少しの沈黙が流れたあと、咲凜は空気を切り替えるように明るい声を出した。

「学校が辛《つら》かったときもあったけど、でも今はようやく決心がついたんだ」

「決心？」

「うん。私ね、学校やめようって思ってるんだ」

「え、あ……そうなんだ」

咲凜の発言を必死に呑《の》み込もうとするけれど、すぐには受け止められない。

咲凜が学校をやめる。それはつまり、こうして一緒に過ごすこともなくなるということだ。

「このまま学校にいても、意味ないかなって。でもまあ、親には反対されてるから、どうなるかわからないけど」

「それってその……人間関係の問題？」

「んー、違うとは言いきれないけど、それだけじゃないよ」

咲凜はパックの珈琲牛乳《コーヒー》にストローを差す。それを一口、二口と飲んでから、声のトーンを下げて話しはじめた。

「少し前までやる気もなくなって……全部どうでもいいや、消えたいなーってなってたんだ。家にいても学校にいても、私って……空気みたいっていうか、ある日突然消えても誰も気づいてくれないのかもなって」

言葉を詰まらせながら、咲凜は時折指先をいじる。

話すかどうか迷っていた内容なのだと感じた。

「ただささ、最近思うんだよね」

咲凜は、振り向いて歯を見せて笑う。

「馬鹿馬鹿しいなって。だって、私の人生じゃん。なのに周りの目ばっかり気にして、俯《うつむ》いていたらもったいないなって」

私には黒い影が視えないので、咲凜の心に今どれだけのストレスが溜まっているのかわからない。

けれど、無理をしている笑顔ではなく、吹っ切れているように見える。

「だから、私は自分のしたいことをする。そう思えたのも、たまたま見つけたSNSの投稿のおかげなんだけど」

「投稿？」

咲凜はスマホを取り出すと、影響を受けたという投稿のスクリーンショットを見せてくれた。そこにはまるでアニメーションのような美しさの桜の風景写真と、#私を変えた景色というタグがついている。

「この写真が最初に目に留まって、そこからこの人が自分の生い立ちについて語っている投稿を読んだんだ」

投稿者は中学生のときに、いじめで学校に行けなくなったらしい。

部屋の中で塞《ふさ》ぎ込んでいるのを見て、家族が色々なところに旅行へ連れて行くようになったそうだ。

「そこで見たものを写真に収めるようにしていたら、撮ることの楽しさを感じるようになったんだって。でね、独学でカメラを勉強して今はフォトグラファーなんだ」

その人について話をしている咲凜の目はキラキラとしている。

「私もね、写真好きなんだ。だから自分とちょっと重ねちゃった」

咲凜はSNSに、購入した物の写真をよく上げていた。この人が載せている風景とは異なるジャンルだけれど、背景などにもこだわっていてお洒落《しゃれ》な写真が多い。

そういえば、佐木くんが一眼レフを持っていたら、咲凜から声をかけられてアシスタントの話をしたと言っていた。

「もしかして、咲凜はカメラを習いたいの?」

「それもあるんだけど、コーディネートっていうのかな。小物撮影の背景とかそういうのを勉強したいんだ。色々なテクニックがあっておもしろいんだよ！」

背景に使う木の板は、本物じゃなくても壁紙の木目風シールを使って代用できること。小物の撮り方も、ただ並べるのではなく、小物の下に切った消しゴムを置いて、段差をつけることで立体感を出せること。咲凜は夢中になって、自分なりに身につけた撮り方のテクニックを教えてくれた。

熱心に私に語っている瞳《ひとみ》には情熱が宿っていて、本気で咲凜は小物の撮影が好きなんだなと伝わってくる。

「もっと勉強したいなぁってずっと思ってたんだ。親にはそんなの趣味でやっていればいいでしょって言われちゃったけどね」

高校をやめてまでもする必要があるのかと、止める両親の気持ちもわかる。将来のことを考えたら、このまま高校に通いつづけて卒業した方がいいのだろう。だけど、夢を持てる咲凜はかっこよくて、前とは違った憧《あこが》れを抱く。

「私、本気でやりたいって思うことをやっと見つけられたんだ」

今の咲凜は、髪を巻いているわけでも、輪郭強調のコンタクトレンズやメイクをしているわけでもない。それなのに、今まで見てきた咲凜の中で、一番輝いて見える。

「こんなの逃げだって思われるかもしれないけど、今はやりたいことが見つかったから、どう言われたっていいや」

咲凜は学校に未練はなさそうで、両親の承諾を得られたら、すぐにでもいなくなってしまいそうな雰囲気だった。

そうしたらこの非常階段には、私ひとりになる。もう咲凜と会えなくなってしまう。

まだ決まっていないとはいえ、無性に寂しくて目が潤む。

「応援してるね」

行かないでなんて言えない。せっかく咲凜が前向きになって、やりたいことを見つけたのだから。

あと五分くらいで昼休みが終わる。

「亜胡、先に戻って」

いつも咲凜はそう言って私を先に教室へ行かせる。たぶん咲凜なりに気を遣ってくれているのだと思う。一緒に戻ると、グループから外された私たちに好奇の目を向ける人もいるだろうし、琉華ちゃんの苛立《いらだ》ちがますます向けられる可能性だってある。

「一緒に戻ろう」

私の言葉に、咲凜は目を見開いたまま硬直する。

「早くしないとチャイム鳴っちゃうよ！」

咲凜が食べていたサンドイッチの包み紙と空の珈琲牛乳をコンビニの袋に入れて、

手を摑《つか》んで立ち上がらせた。

「行こ！」

私も自分の気持ちに目を向けたい。

どうしたいのか。ずっと考えることから逃げていた。もう自分を偽って、無理をして人間関係を築きたくない。

この先、私が自分を傷つけないためにも、合わない環境にこだわったり、周りの目を気にしすぎるのはやめにしたい。

そう思えるようになったことで、少しだけ心が楽になる。

劇的に私自身が変わったわけでも、強くなれたわけでもないけれど、以前の私よりも今の私の方が好きかもしれない。

咲凜と一度廊下で立ち止まってから、顔を見合わせる。

「一緒に教室に入るだけなのに、緊張するなんて変な感じだね」

「確かに」

私が笑うと、咲凜もおかしそうに笑った。少しだけ緊張が解けた私たちは、肩の力を抜いて教室へ入った。

予鈴が鳴るギリギリだからか、ほとんどの生徒が教室にいた。視線が私たちに集まっているのを感じる。その中には、驚いた表情をしている琉華ちゃんと萌菜の姿もあった。

ずっと教室の中のグループでの居場所に私は固執していた。ここがなくなってしまったら世界が終わる。そう思い込んで、外されることを恐れていた。

けれど、他にも大事な居場所を私は見つけられた。

喧嘩《けんか》もするし不満だってあるけど、前よりも家族と会話が増えたし、非常階段で咲凛と過ごす昼休みも、今ではお気に入りの時間になっている。

そして、佐木くんの隣は私にとって大切なかけがえのない居場所になっていた。

佐木くんと目が合うと、微笑まれる。

もう大丈夫。今の私には自分を覆っていた黒い影を視ることはできないけれど、亡霊にはならない。そんな気がした。

# エピローグ

あのあと、咲凜は一学期の終わりに退学した。

咲凜が学校からいなくなったのは寂しいけれど、関係が途切れたわけではない。時間が合わなくて月に一度くらいしか会えないけれど、時折電話やメッセージで近況報告をしてくれる。

九月になった最近では、撮影スタジオのアシスタントのバイトを始めたそうだ。フォトグラフィを学ぶスクールに通う予定で、カメラについて学び、いずれはカメラマン兼コーディネーターになりたいと、この間話していた。

長かった髪もバッサリと切ってショートカットにし、以前とは印象がだいぶ変わって活発な雰囲気になり、すごく似合っている。それに表情も明るくなっていた。目標に向かって踏み出した咲凜は、今まで見た中で一番輝いていた。

そして二学期になった今でも琉華ちゃんからは敵意を向けられていて、萌菜とは目も合わない。居心地は悪いし、逃げ出したくなったことも何度もある。

けれど、繋《つな》がっていたSNSのアカウントを削除して、琉華ちゃんたちになんて書かれているのか見ることをやめたら、少しスッキリして気分が落ちる頻度も減ってきた。あとは、仲がよかった頃に琉華ちゃんたちの目を気にして消せずにいたマッチングアプリも、綺麗《きれい》さっぱり消せた。

今まで気づけなかったけれど、教室は思ったよりも広い。

私は振り返って、後ろの席の子に声をかけた。

「数学のプリントって、今日提出だったよね？」

「やば！　それ私やってなかった！」

近くの席の子に話しかければ、普通に会話をするし、全員から嫌われているわけでも、無視をされるわけでもない。そんな当たり前のことすら、居場所に執着していた私は気づけなかった。

「よかったら、私の見る？」

「え、いいの？　西田さん、ありがと～！　昼休み中に終わらせるね！」

プリントを後ろの席の子に渡すと、私はお昼ご飯が入ったコンビニの袋を持って廊下に出た。

歩きながら、私は顔を上げる。

すぐ側のピロティには動画を撮っている男子生徒たちがいて、それを見ている女子たちが野次を飛ばして笑っている。

他クラスを覗《のぞ》くと、ひとりでご飯を食べている生徒や、男女混合で食べている生徒たちの姿。私のクラスとは雰囲気が違っていた。

琉華ちゃんたちの顔色を見ながら歩いているときは、気づかなかった。私の日常は、すごく狭い世界だったのかもしれない。誰かが決めたルールに縛られる必要もなくて、自分のいたい場所を自由に見つけたらよかったのに。

私の心には、この先も黒い影がいると思う。上手な生き方を私がすぐに身につけることはできないだろうし、誰かに合わせたり、愛想笑いもするはず。

だけど、時には足を止めて休んだり、自分の心に寄り添って、私なりの生き方を見つけていきたい。楽しさや苦しさが詰まったプラスチックな教室の中で。

非常階段の扉を開けると、心地よい秋風が吹き抜けた。青々とした葉は黄色や橙色《だいだいいろ》に紅葉している。あとで撮って咲凜に送ろう。

階段に座っている男子生徒の後ろ姿を見つける。髪が少しだけ撥《は》ねていて、今日も寝癖がついていた。

「佐木くん」

入学したばかりの頃、見かけても声をかけられなかった。

迷惑と思われるかもとか、嫌われているのかもと想像だけで不安になって、怖気《おじけ》づいていた。だけど、今は堂々と声をかけられる。

振り返った佐木くんは口角を上げた。私は階段を下りて、隣に座る。

「お待たせ！」

私も彼も、中学生の頃には戻れない。だから、もう一度始めたい。

あの日、残した想いではなくて、今の私が抱いた佐木くんへの想い。

「お願いがあるんだけど、今度カメラ教えて」

「いいけど。西田、カメラに興味あったんだ」

「うん。知りたいなって思って」

周りに合わせることは、生きていく上で大切だけど、しんどいことだと思っていた。

けれど、苦しいことばかりじゃない。

私は、好きな人の好きなものを知りたい。

「今日、空いてる？」

そして、今度こそ伝えよう。

好きだったじゃなくて、好きですって。

# あとがき

ストレスがどのくらい溜《た》まっているのか黒い影として視えるという設定で書かせていただきました。

亜胡《あこ》や佐木《さき》、咲凜《えみり》、琉華《るか》と萌菜《もえな》、それぞれが心の中に異なる形のストレスを抱えていましたが、今回は亜胡視点の物語を綴《つづ》りました。

誰かにとって身勝手な酷《ひど》い言動も、別の視点で見たら苦しみながらの自己防衛かもしれない（もちろん自分が辛《つら》いからといって、他者を傷つけるような言動をするのはよくないですが）。誰の視点で語り、読者の皆様にどう伝えるか。物語を書いていく上で常にそこを考えています。

それと私の中で、もうひとりの主人公は咲凜でした。

咲凜が学校をやめるという選択をして、新しい世界に飛び込んでいくには沢山の葛《かっ》藤《とう》と勇気が必要だったと思います。

そして、咲凜のように亡霊になりかけた亜胡は、学校に残る選択をしました。

どちらの選択も間違っていなくて、ふたりとも自ら選んで一歩前に進んだのだと感じています。

時の流れが薬になって、大人になったら、そんなこともあったねと笑えることも、今だったらへっちゃらなのにと思えることもたくさんあります。けれど、傷跡が残らないわけではない。学生にとって学校は世界の中心で、周りの言葉が棘《とげ》みたいに胸に刺さって痛くて、ベッドの中で明日《あした》学校行きたくないなと悩む夜も、きっと多くの人が経験したと思います。

周りと上手くやっていくのは簡単なことではなくて、本当に些細《ささい》なことで関係は崩れてしまう。けれど、痛みを知っているからこそ周りの人を大切にして、亜胡たちがこれからを過ごしていけたらいいなと思います。

悩みながらも踏み出した彼女たちの背中を見送ることができてよかったです。

最後まで読んでくださり、ありがとうございました。

またどこかの物語で出会えますように。

丸井とまと

本書は書き下ろしです。

# ひとりぼっちの私《わたし》は、君《きみ》を青春《せいしゅん》の亡霊《ぼうれい》にしない

丸《まる》井《い》とまと

令和６年 ４月25日　初版発行

発行者●山下直久

発行●株式会社KADOKAWA
〒102-8177　東京都千代田区富士見2-13-3
電話　0570-002-301（ナビダイヤル）

角川文庫 24133

印刷所●株式会社暁印刷
製本所●本間製本株式会社

表紙画●和田三造



●お問い合わせ
https://www.kadokawa.co.jp/（「お問い合わせ」へお進みください）
※内容によっては、お答えできない場合があります。
※サポートは日本国内のみとさせていただきます。
※Japanese text only


ISBN 978-4-04-114322-3　C0193

# 角川文庫発刊に際して

角川源義

第二次世界大戦の敗北は、軍事力の敗北であった以上に、私たちの若い文化力の敗退であった。私たちの文化が戦争に対して如何に無力であり、単なるあだ花に過ぎなかったかを、私たちは身を以て体験し痛感した。西洋近代文化の摂取にとって、明治以後八十年の歳月は決して短かすぎたとは言えない。にもかかわらず、近代文化の伝統を確立し、自由な批判と柔軟な良識に富む文化層として自らを形成することに私たちは失敗して来た。そしてこれは、各層への文化の普及滲透を任務とする出版人の責任でもあった。

一九四五年以来、私たちは再び振出しに戻り、第一歩から踏み出すことを余儀なくされた。これは大きな不幸ではあるが、反面、これまでの混沌・未熟・歪曲の中にあった我が国の文化に秩序と確たる基礎を齎らすためには絶好の機会でもある。角川書店は、このような祖国の文化的危機にあたり、微力をも顧みず再建の礎石たるべき抱負と決意とをもって出発したが、ここに創立以来の念願を果すべく角川文庫を発刊する。これまで刊行されたあらゆる全集叢書文庫類の長所と短所とを検討し、古今東西の不朽の典籍を、良心的編集のもとに、廉価に、そして書架にふさわしい美本として、多くのひとびとに提供しようとする。しかし私たちは徒らに百科全書的な知識のジレッタントを作ることを目的とせず、あくまで祖国の文化に秩序と再建への道を示し、この文庫を角川書店の栄ある事業として、今後永久に継続発展せしめ、学芸と教養との殿堂として大成せんことを期したい。多くの読書子の愛情ある忠言と支持とによって、この希望と抱負とを完遂せしめられんことを願う。

一九四九年五月三日

# 角川文庫ベストセラー

## 教室が、ひとりになるまで　浅倉秋成

北楓高校で起きた生徒の連続自殺。ショックから不登校になっている幼馴染みの自宅を訪れた垣内は、彼女から「三人とも自殺なんかじゃない。みんな殺された」と告げられ、真相究明に挑むが……。

## 君がオーロラを見る夜に　いぬじゅん

市橋悠希は、いつかオーロラを見たいと願うも、その気持ちは報われず。そんな彼の前に現れた空野碧は、悠希の手を引っ張り、オーロラを探す旅へ出る。そこに待っていたのは、キラキラと輝く奇跡だった。

## チルチルサクラ ～桜の雨が君に降る～　いぬじゅん

自分に自信のない姫花は、高校に入学し、桜の下で運命的な出会いをする。けれど自分なんて、素敵な彼には釣り合わない。そんな時、事故に遭いそうになった姫花は、死の期限を延長されたと聞かされて……。

## ピンクとグレー　加藤シゲアキ

12万部の大ヒット、NEWS・加藤シゲアキ衝撃のデビュー作がついに文庫化！　ジャニーズ初の作家が芸能界を舞台に描く、二人の青年の狂おしいほどの愛と孤独。各界著名人も絶賛した青春小説の金字塔。

## 閃光スクランブル　加藤シゲアキ

不安から不倫にのめり込む女性アイドルとそのスクープを狙うパパラッチ。思い通りにいかない人生に苛立つ2人が出会い、思いがけない逃避行が始まる。瞬く光の渦の中で本当の自分を見つけられるのか。

# 角川文庫ベストセラー

Burn. ―バーン―　加藤シゲアキ

天才子役から演出家に転身したレイジは授賞式帰りの事故により抜け落ちていた20年前の記憶が蘇る。渋谷の街で孤独な少年を救ってくれた不思議な大人との出逢いと別れ、彼らとの過去に隠された真実とは――。

傘をもたない蟻たちは　加藤シゲアキ

天才肌の彼女に惹かれた美大生の葛藤。書いた原稿がそのまま自分の夢で再現される不思議な現象にのめりこんでいく小説家の後悔……単行本未収録作「おれさまのいうとおり」を加えた切ない7編。

結界師の一輪華　クレハ

遥か昔から5つの柱石に護られてきた日本。華は石を守護する術者の分家に生まれたが優秀な姉と比較され、誰にも見向きもされず生きている。だがある日突如力に目覚め、本家の若き当主・朔に見初められて？

結界師の一輪華2　クレハ

術者の力を隠して生きてきた華は本家当主の朔との結婚によって次第に本来の自分らしい生き方を取り戻し始めていた。そんな中、術者協会で厳重保管されていた呪具の盗難事件が発生。華にも新たなライバルが？

結界師の一輪華3　クレハ

朔との離婚は遠のき、さらに波瀾に満ちた日々を送る華の前に、葉月を奪われ怒り心頭の両親が現れる。家の再興のことだけしか考えない両親は、三光楼の次期当主である朔の旧友・雪笹と何かを企んで……⁉

# 角川文庫ベストセラー

わたしは告白ができない。　櫻　いいよ

渡せずに持ち歩いていた風紀部部長へのラブレターが紛失。それに気づいた本人が探し出すと言い出して……。なぜか告白ができない平凡女子とイケメン風紀部部長とのドタバタ告白恋愛ミステリ！

小戸森さんちはこの坂道の上　櫻　いいよ

29歳のフリーデザイナー・乃々香は、祖母宅の管理を頼まれ、思い切って引っ越すことに。快適な一人暮らしを期待していたけれど、ある日突然幼馴染の清志郎が、ふたりの子どもを連れてやってきて――!?

小説　秒速5センチメートル　新海　誠

「桜の花びらの落ちるスピードだよ。秒速5センチメートル」。いつも大切な事を教えてくれた明里、彼女を守ろうとした貴樹。恋心の彷徨を描く劇場アニメーション『秒速5センチメートル』を監督自ら小説化。

小説　言の葉の庭　新海　誠

雨の朝、高校生の孝雄と、謎めいた年上の女性・雪野は出会った。雨と緑に彩られた一夏を描く青春小説。劇場アニメーション『言の葉の庭』を、監督自ら小説化。アニメにはなかった人物やエピソードも多数。

小説　君の名は。　新海　誠

山深い町の女子高校生・三葉が夢で見た、東京の男子高校生・瀧。2人の隔たりとつながりから生まれる「距離」のドラマを描く新海誠的ボーイミーツガール。新海監督みずから執筆した、映画原作小説。

# 角川文庫ベストセラー

小説 天気の子　新海　誠

新海誠監督のアニメーション映画『天気の子』は、天候の調和が狂っていく時代に、運命に翻弄される少年と少女がみずからの生き方を「選択」する物語。監督みずから執筆した原作小説。

小説 すずめの戸締まり　新海　誠

九州の静かな町で暮らす17歳の少女・鈴芽は、旅の青年との出会いから、全国各地で開かれた災いの元となる「扉」を閉める旅へ出ることになる。過去と現在と未来をつなぐ、鈴芽の〝戸締まり〟の物語。

青くて痛くて脆い　住野よる

大学一年の春、僕は秋好寿乃に出会った。彼女の理想と情熱にふれ、僕たちは秘密結社「モアイ」をつくった。それから三年、将来の夢を語り合った秋好はもういない。傷つくことの痛みと青春の残酷さを描ききる。

わたしの恋人　藤野恵美

保健室で出会った女の子のくしゃみに、どきんと衝撃が走った。高校一年の龍樹は、父母の不仲に悩むせつなとつきあい始めるが――。頑なな心が次第に自由を取り戻すまでを、爽やかなタッチで描く！

ぼくの嘘　藤野恵美

好きにならずにすむ方法があるなら教えてほしい。親友の恋人を好きになった勇太は、学内一の美少女・あおいに弱みを握られ、なぜか恋人としてあおいとデートすることになり。高校生の青春を爽やかに描く！

# 角川文庫ベストセラー

## ラン　森　絵都

9年前、13歳の時に家族を事故で亡くした環は、ある日、仲良くなった自転車屋さんからもらったロードバイクに乗ったまま、異世界に紛れ込んでしまう。そこには死んだはずの家族が暮らしていた……。

## クラスメイツ〈前期〉〈後期〉　森　絵都

部活で自分を変えたい千鶴、ツッコミキャラを目指す蒼太、親友と恋敵になるかもしれないと焦る里緒……中学1年生の1年間を、クラスメイツ24人の視点でリレーのようにつなぐ連作短編集。

## ペンギン・ハイウェイ　森見登美彦

小学4年生のぼくが住む郊外の町に突然ペンギンたちが現れた。この事件に歯科医院のお姉さんが関わっていることを知ったぼくは、その謎を研究することにした。未知と出会うことの驚きに満ちた長編小説。

## 新釈　走れメロス　他四篇　森見登美彦

芽野史郎は全力で京都を疾走した――。無二の親友との約束を守「らない」ために！　表題作他、近代文学の傑作四篇が、全く違う魅力で現代京都で生まれ変わる！　滑稽の頂点をきわめた、歴史的短篇集！

## 行きたくない　加藤シゲアキ・阿川せんり・渡辺　優・小嶋陽太郎・奥田亜希子・住野よる

人気作家6名による夢の競演。誰だって「行きたくない」時がある。幼馴染の別れ話に立ち会う高校生、生徒の愚痴を聞く先生、帰らない恋人を待つOL――それぞれの所在なさにそっと寄り添う書き下ろし短編集。

# 角川文庫ベストセラー

## きみが見つける物語　十代のための新名作　こわ～い話編

編／角川文庫編集部

## きみが見つける物語　十代のための新名作　不思議な話編

編／角川文庫編集部

## きみが見つける物語　十代のための新名作　切ない話編

編／角川文庫編集部

## きみが見つける物語　十代のための新名作　オトナの話編

編／角川文庫編集部

## きみが見つける物語　十代のための新名作　運命の出会い編

編／角川文庫編集部

放課後誰もいなくなった教室、夜中の肝試し。都市伝説や怪談——。読者と選んだ好評アンソロジーシリーズ。こわ～い話編には、赤川次郎、江戸川乱歩、乙一、雀野日名子、高橋克彦、山田悠介の短編を収録。

いつもの通学路にも、寄り道先の本屋さんにも、見渡してみればきっと不思議が隠れてる。読者と選んだ好評アンソロジー。不思議な話編には、いしいしんじ、大崎梢、宗田理、筒井康隆、三崎亜記の傑作短編を収録。

たとえば誰かを好きになったとき。心が締めつけられるように痛むのはどうして？　読者と選んだ好評アンソロジー。切ない話編には、小川洋子、荻原浩、加納朋子、川島誠、志賀直哉、山本幸久の傑作短編を収録。

大人になったきみの姿がきっとみつかる、がんばる大人の物語。読者と選んだ好評アンソロジーシリーズ。オトナの話編には、大崎善生、奥田英朗、原田宗典、森絵都、山本文緒の傑作短編を収録。

部活、恋愛、友達、宝物、出逢いと別れ……少年少女小説の名手たちが綴った短編青春小説6編を集めた、極上のアンソロジー。あさのあつこ、魚住直子、角田光代、笹生陽子、森絵都、椰月美智子の作品を収録。